転移先は薬師が少ない世界でした5

饕餮

Toutetsu

レジーナ文庫

リン（鈴原優衣）
すずはらゆい
神様のうっかりミスで異世界に転移した元OL。チートなスキルを活かし、薬師としてポーション屋を営んでいる。
エアハルト
『フライハイト』のリーダー。リンに特別優しいがその真意は……？
スミレ
神獣であるクイーン・スモール・デスタイラント。
ラズ
神獣であるクラオトスライム。
登場人物紹介

スサノオ
地球の神様。
脳筋な性格。
アントス
ゼーバルシュの神様。
うっかりもの。
ツクヨミ
地球の神様。
いつもにこやか。
ユキ
シマ
ソラ
太陽の獅子と
月の獅子の家族。
ロキ
ロック
レン
神獣である星天狼と
フェンリルの親子。

目次

転移先は薬師が少ない世界でした5

第一章　エアハルトさんとデート

リンこと私――鈴原優衣(すずはらゆい)は、ハローワークからの帰り道、アントス様という神様のうっかりミスで、異世界――ゼーバルシュに落ちてしまった。

日本には戻れないことを聞いた私は、アントス様からお詫びに授かったチートな調薬スキルを活かし、薬師としてポーション屋を営むことになったのだ。

異世界に来てから一年以上が経った。

最初は戸惑っていたけど、みんなとの素敵な出会いのおかげで楽しい日々を送っている。

従魔(じゅうま)のハウススライムのラズに、凶悪な蜘蛛(くも)のスミレ。

スミレの元仲魔(なかま)だという魔物たち、ロキとロック。そしてレンとシマ、ソラとユキ。

それから、私の良き理解者であるエアハルトさんがリーダーを務める『フライハイト』に、ドラゴン族のヨシキさんと彼がリーダーを務めるクラン『アーミーズ』のみなさん。

『アーミーズ』のみなさんは転生者で、前世からの私の知り合いということもあり、たくさんお世話になった。特に、私を養子として迎え入れてくれたタクミさんとミユキさんには感謝している。

最近はエアハルトさんと執事のアレクさんに私の秘密を話したり、『フライハイト』と『アーミーズ』合同でダンジョンを攻略したりもした。

そして、なんといっても『フライハイト』の仲間であるグレイさんとユーリアさんの結婚式！

身分的なことからいうと王族に連なる二人の結婚式に出られるはずはないんだけど、そこは仲間ということで招待してもらっちゃった！

とっても素敵な結婚式で、お二人もとても幸せそうに微笑んでいたのが印象的だった。

結婚式のあとしばらくは何事もなく、だけど店は繁盛していて忙しい毎日だ。

そういえば、ガウティーノ家を通じて渡したレシピはすでに末端貴族まで行き渡っているそうだ。

特に材料費が一番安いスライムゼリーを使ったものは、領民や平民にまで浸透しているんだとエアハルトさんが教えてくれた。

それもあってか、王都にある喫茶店のような場所では、ゼリーが提供され始めたみたい。どんな味なのかな？　食べてみたいな。

従魔たちがいるからたぶんお店には入れないんだよね。一緒に入れるところがあればいいんだけど、私は知らないし。

エアハルトさんに聞いてもいいかも。


そんなことを考えていた数日後。

「リン、明日の休みの予定は？」

「特にないです。出かけても、せいぜい森かダンジョンに行くくらいですし」

「なら、俺と一緒に出かけないか？」

「え……」

お昼休みにエアハルトさんがお店にやってきて、そんなお誘いをしてきた。嬉しいけど、隣にいる母がニヤニヤ笑っているのはなんでかな⁉

「いいんですか？」

「いいから誘っているんだが」

「わ〜！　ありがとうございます！」

「最近はゆっくりできなかっただろう？　王都にはまだまだ良いところがあるし、案内しようと思って」

「なら、おすすめの場所に行ってみたいです！」

「いいぞ。一部ではあるが、明日は城の開放日なんだ。だから、中央地区に行ってみようか」

「はい！」

おお、これはもしかしてデートってやつ？

でもデートって恋人と行くものでは……？

恋愛関連についてはまったく疎い私にそんなことなどわかるはずもなく。一緒に出かけられるだけでもいいかと、素直に喜ぶことにした。

「また変なのに付きまとわれても困るから、例の壊れ性能のものをなにかしら身に着けておけよ？」

「わかりました」

ちょっと前にストーカーっぽいことをされたばかりだからね～。心配そうに、だけど真剣な顔をしてそんなことを言われたら、頷くしかない。

アントス様にもらった、チート級の服を着ていこう。

従魔たちにも聞いてみたところ、ラズとスミレがついてくるという。

そして従魔たちが入れるお店があるというので、そこにも連れていってもらうことになった。

冒険者には、テイマーだけではなく私のように個人で従魔を連れている人がいるから、そういう人のためにも従魔と一緒に入れるお店があるそうだ。

従魔同伴でお店に入れるのはいいよね。

待ち合わせは拠点で、朝市も見たほうがいいというので、かなり早い時間に出発することに。


そして当日。

前日まで雨が降っていたのに、今日は見事に晴れ渡った青空が広がっている。これなら洗濯ものを干しても大丈夫だろうと、シーツなどを洗濯してから待ち合わせ場所に行く。

そんな私は、マドカさんが新たに作ってくれた服を着ている。

エアハルトさんは、「似合っている」と言ってくれたけれど……

彼がいうところの壊れ性能の服を着ていなかったから、溜息をつかれてしまった。

やっちまった！　すっかり忘れてたよ……とほほ。

そこから、朝市をやっている通りまで歩き始める。

「す、凄い人ですね」

「だろう？　はぐれても困るから、手を繋ごうか」

「は、はい」

すっと差し出された左手に、自分の右手を重ねる。

フルドの町のときにも感じたけど、剣を握っているからなのかエアハルトさんの手にはたこがある。ごつごつとした硬めの手だけど、嫌な感じはしないのが不思議。

昔ふうにいうと、働き者の手っていうのかなあ。そんな感じだ。

私が手を重ねると、にっこり笑ってから手を握ってくれるエアハルトさん。その笑顔を見るとドキンと心臓が鳴って、そこからちょっと速くなる。

ドキドキが聞こえたりしないかなと考えつつも、エアハルトさんの案内で中央地区の朝市を見る。中央地区は貴族や裕福な家の人が買いに来るだけあって、西地区よりも高めの値段設定だ。

だけどそのぶん他の地区には置いていない果物や野菜、お肉があって見ていて楽しいし、領地の特産品を扱っているお店もあったりする。

なんていうか、アンテナショップみたいな感じで〝○○領の店〟とか〝特産品売り場〟

みたいな感じの、産直店があるのだ。

他にも、隣国からの輸入品があったりするからなのか、かなり賑やかだ。

もちろん食材だけではなくて、雑貨や装飾品が売られていたりもするから、見ていて面白い。

そんな中、東の大陸から伝わった品物を扱っているお店を見つけた。

窓際に飾られているものを見て驚くと同時に、嬉しくなる。

なんと、お箸がありました！

「エアハルトさん、このお店に寄りたいです」

「お、東大陸の品物か。なにか気になるやつでもあったのか？」

「はい。故郷と同じものが置いてあるので」

「なるほど」

私が渡り人であるという事情を知っているエアハルトさんだからこそ、故郷と言ったところで痛ましそうな顔をされてしまった。

「そんな顔をしないでください。ここにも同じものがあるとわかって嬉しいんです、私」

「そうか……。俺にも使い方を教えてくれるか？」

「いいですよ」

使ってみたいというエアハルトさんの心遣いがとても嬉しい。いつだって、こうやってさりげなく気を使ってくれるのだ。

「すみません。これは箸というもので合っていますか？」

店に入り、店員のおばさんに声をかける。

「いらっしゃい。おや、お嬢さんはよくご存じだね。ああ、箸で合っているよ」

「よかった！　私の故郷にも同じものがあったので、懐かしくなって」

「そうかい、そうかい。茶碗なんかもあるから、見ていっておくれ」

「ありがとうございます！　エアハルトさん、これがそうです」

まずはお箸を一緒に選ぶ。

日本のように、たくさんの色や柄があるわけではない。

だけど、長さはいろいろあるし、夫婦箸のようにセットになっているものもある。

箸自体は木目を利用したものや上の部分に赤と黄色、青と緑の色がついたもの。それから小さな花が描かれているものもあって、どれにしようかと本気で悩む。

『アーミーズ』所属で鍛冶師でもあるライゾウさんにオリジナルの箸を作ってもらうのも手だけど、できればこの世界のものを使ってみたいんだよね。

散々悩み、結局私は花柄と黄色のお箸、エアハルトさんは花柄以外の全部を選んでいた。

木目はエアハルトさん自身のもの、青はアレクさん、赤と黄色は双子の姉妹の侍女であるララさんとルルさん、緑は料理人であるハンスさんへのお土産にするんだって。

みんな必ず「使ってみたい」と言いそうだから、だって。

他にも菜箸があったので、それも複数購入することにした。

お箸の次はお茶碗とお椀。お茶碗は瀬戸物で、お椀は木で、うるしだっけ？　それが塗られているのか、艶々と輝いている。

「瀬戸物……」

「瀬戸物を知っているのかい？」

「はい。私の故郷でも、このお茶碗やお皿のことを瀬戸物と言っていました。長いこと使っていないので、とても懐かしくて……」

「そうかい……。お皿もあるんだよ。それも見ていっておくれよ」

「ありがとうございます、お姉さん」

「いやだよ、お姉さんって歳じゃないさね。でもそういってくれるのは嬉しいねぇ」

ふふっと笑った恰幅のいいおばさんは、ウキウキした顔であれこれオススメを出してくれる。

なのでお箸にお茶碗にお椀、それからつい調子にのって大皿を三枚と取り皿を従魔たちを含めたぶん、小鉢を三つと従魔たち用の深皿も買っちゃった！

おばさんはその数に唖然としていたけど、豪快に笑って結局はわら半紙のような紙に包んでくれた。

うん、いい買い物をした。

エアハルトさんもお箸の他に、お茶碗とお椀をみんなのぶん買っていた。

グレイさんとユーリアさんには、珍しいからと組み紐を使った髪飾りや簪を買うみたい。

私も簪が欲しくなったのでそれも買おうとしたんだけど……

「大量に買ってくれたお礼だよ！　持っていきな」

「え？　さすがにそれは……」

「いいからいいから。着けてあげるよ」

遠慮しないで、と言いながら私のうしろに回ったおばさん。一度私のバレッタを外し、髪を結い上げて、似合うように短めの簪を刺してくれた。

「とてもよく似合うぞ、リン」

「本当に。まるで、お嬢さんのためにこしらえたようなデザインじゃないか」

「あ、ありがとうございます」

簪は木製で、上のところには花がいくつか彫られている。簪の長いところを枝に見立て、その先に花が咲いているような意匠だった。

形は桜の花に似ているけど、なんの花だろう？

髪は全部アップにされている。両サイドは三つ編みになっていて、うしろで一緒に結い上げる髪形だ。一部を団子に結ってバレッタで留め、団子のところに簪が刺さっている。

器用だね！　私にはできないよ、こんな髪形は。バレッタなしの団子だけならできるかもしれない。

「わ～、凄いです！　それにとても可愛いです！　このお花はなんていうんですか？」

「桜っていうんだよ。渡り人が伝えたものでね、東の大陸にはあちこちあるのさ」

「桜があるんですか⁉」

「え、ええ、あるよ。売り物になっちまうけど、持っていくかい？」

「是非！」

おお、この国でも見たことがなかったし、ダンジョンでも桜を見つけられなかったから、二度と見られないかと諦めていたのだ。

おばさんによると、アイデクセ国と東大陸は気候が似ているから、もしかしたら育つかもしれないと思って、鉢植えで持ってきたんだって。

まだ若木だから花はたくさんは咲かないけど、それでも今年はいくつかは咲いたそうだ。今は葉桜になっている。

もちろん買ったよ！　しかも二鉢も！

どこに植えようかなあ、と庭を思い出しながら考えていると、ウキウキしてくる。

これからお城に行くと話すと、店で取り置いてくれるというので、お願いした。

そこからまた朝市を歩き、見たことがないものや欲しいものを買う。

私ばっかり楽しんでいて悪いなあ、飽きてないかなあってさりげなくエアハルトさんを見ると、笑みを浮かべて私を見ていた。

その優しい眼差しに、また心臓がドキドキしてくる。

くそう……イケメンめ！

そりゃあストーカーと化すお嬢様が出るのもわかる気がするよ～。

朝市の通りを抜けると、西地区から見るよりもずっと近くにお城が見えてくる。

ここからまた辻馬車にのって移動するというので、エアハルトさんと手を繋いだまま、辻馬車乗り場まで歩いた。

そのまま辻馬車にのると、あっという間にお城の手前にある辻馬車の停車場に着いた。

もっと人がいるかと思ったらそうでもない。

降りた人は私たちを含めて十人もいない。せっかくのお城の開放日なのになんでだろう？

「午前中は商売をしている人間や買い物目的の人ばかりだからな。午後のほうが混むんだ」

「そうなんですね」

顔に出ていたのか、お城に向かいながらそんな話をしてくれるエアハルトさん。確かに朝市の通りは凄い人混みだったと、改めて感じる。

お城の開放日は年に三回、三日間連続であるんだそうだ。今日はその二日目なんだって。

そんな説明を受けながら、お城をじっくり眺めてみる。

歩いてここまで来たのは初めてだからね。

エアハルトさんによると、中央と両翼に建物があるんだって。見上げた先には窓がたくさんあった。

向かって左が王族が住んでいる建物、中央には政府関連の建物、右がお城に勤めている騎士や魔導師、薬師や医師の部屋がある建物だそうだ。

騎士や魔導師の偉い人の部屋や、実験場などもあるらしい。……実験場？

　さらにその奥には私も行ったことがある訓練場に、騎士や魔導師たちの寮。あと、寮と繋がっている食堂があるという。訓練形態が違うから、きちんと場所が分けられているそうだ。

　医師や薬師は騎士や魔導師に比べたら全体数が少ないから、お城の中にある食堂で食べているんだって。なるほど～。

　開放されている場所は決まっていて、中央のエントランス部分と、そこから行ける騎士団の訓練場。あとはエントランスを抜けた先にある中庭のひとつと、右側の建物の屋上だそうだ。

　城勤めをしている人が一緒にいればその人の職場も見学できるそうなんだけど、基本的にその四箇所だけらしい。それだけで充分だと思います。

「俺がまだ騎士だったら、執務室にも連れていってやれたんだがな……」

「いやいや、前に団長さんのお部屋に入れただけでも恐縮するのに……って、エアハルトさんの執務室？」

「ああ、そういえばリンは知らないんだよな。俺は副団長を任されていたんだ」

「わー！　それは凄いです！　でも勿体（もったい）なかったですね……」

　副団長だったのか、エアハルトさんは。

ちなみに副団長はもう一人いて、ユーリアさんの二番目のお兄さんなんだって。

まあ、そんな騎士団の事情はともかく、まずは庭園に行くことにする。

一度エントランスに入り、そのまま通り抜ける。開放されていない場所の前には騎士が立っていた。

警備をしている騎士の中には一緒にダンジョンに潜ったことがある人もいて、私を覚えていたのか、小さく手を振ってくれたのが嬉しい。

エントランスを通り抜けると広い場所に出た。

ここが中庭のひとつだそうで、真ん中に噴水がある。周囲は建物に囲まれているけど、日当たりは抜群だった。

そしてところどころに樹木とベンチがあり、休憩しているのか、座って噴水や周辺を眺めている人がいた。

周辺は樹木だけじゃなくて色とりどりの花も咲いていて、庭園らしく綺麗に整えられている。薬草をあちこち植えまくっている我が家とは大違いだ。

お花は私が知っているのもあれば、この世界独自のものなのか見たことがないものもあって、すっごく素敵～！

ペチュニアやニチニチソウ、まだ花が咲いていないひまわりに、もうじき終わりなのか紫陽花もあった。時計みたいな形の花や、タンポポみたいに花びらがたくさんついている赤や青い花もある。

「凄いですね。綺麗……」

「だろう？　開放日だから市民しかいないようだが、普段は城勤めの人の休憩所にもなっているんだ」

「そうなんですね」

噴水に近づくと、水の中にも花が。

スイレンかな？　白っぽい色や薄いピンク色をしたものが咲いている。ただし、花も葉っぱも日本で見たのよりずっと大きい。

葉っぱの上にはカエルがいて、つぶらな瞳で私たちのほうを見ている。魔物ではなく、普通の動物だそうだ。だけど、やっぱり大きい。

水の中には魚もいて、スイスイと優雅に泳いでいる。

庭園を一周するとエントランスに戻り、そこから屋上へと向かう。

三階建てとはいえ一部屋が大きいからか、段数が結構ある。

二階に上がるまでに三回折り返したよ……。日本にいるときならとっくに息が上がっていたけど、レベルが関係しているのかそんなことはなかった。

ダンジョンに潜っているおかげで体力もついているんだなぁ。

「おお、凄い！」

やっとのことで屋上に辿りつき、外に出たら風に吹かれた。それほど強いわけではなかったから、スカートが捲れなくてよかった！

前を歩くエアハルトさんが手を振って私を呼んでいるので、近づいていく。

「リンにこれを見せたかったんだ」

「うわ～……っ！」

屋上から見た王都の町並みは、お城を中心にして通りが扇状に広がっていた。大きな通りだけじゃなくて細い通りや馬車が通る道、水路か噴水があるのかキラキラと光っているところもある。

家々の屋根は赤茶色っぽい感じの色が多く、遠くに真っ赤な三角屋根も見える。

他には家々にある樹木の色だったり、どこまでも広がっている青空だったり。

上空はたまに大きな影が横切るけど、それは大型のおとなしい魔物だとエアハルトさんが教えてくれた。

川には船がたくさん浮かんでいる。

その光景に、川は交通路のひとつだと言っていたエアハルトさんの言葉を思い出した。

川というよりも、テレビで見たヴェネチアのような水路に近いかもしれない。

去年の収穫祭で西地区にある公園の小高い丘から王都を眺めたけど、あのときの比じゃないくらい、遠くまで見える。

眼下に広がるそのすべてのコントラストがとても綺麗だ。

いつも見ている外壁はまったく見えないし、王都はそれだけ大きい町だということなのだろう。

「凄く綺麗……。エアハルトさんはこの町を護っていたんですね」

「ああ。この町並みを護りたかった。町を護るということは、ひいては王家を護ることと同義だ。だからこそ、俺は自由なときに、好きなだけダンジョンに潜れる冒険者になりたかった」

その言葉に、エアハルトさんの言葉が蘇る。

『俺も、リンのように、自由に生きてみたいなあ……』

ぽつりとそう呟いた、エアハルトさんの横顔。

あのときはまったくわからなかったけど、今なら羨望の眼差しと正直な気持ちが表れていたんだと感じることができる。

だけど、今は。

「その願いが叶ってよかったですね」

「ああ。偶然とはいえ、スタンピード直前の特別ダンジョンを攻略できたからな。……ありがとう。リンとラズやスミレ、従魔たちがいたおかげだ」

ふと顔を上げると、優しい眼差しをしたエアハルトさんの笑顔が見えた。その顔が近づいてくると思ったら、頭のてっぺんに柔らかいものが触れ、ちゅっ、とリップ音をたてたあと離れた。

「なななななっ!!」

「真っ赤なリンゴみたいだな、リン」

「エ、エアハルトさんのせいでしょうに！」

キスされた、と思ったときにはもう顔が熱くて熱くて……。

今までもキスされたことはあるけど、出会ったばかりだったり、まだ自分の気持ちに気がついていなかったり。驚きはしたけど、なんの感情も浮かばなかった。

だけど今回、私にはエアハルトさんに対して恋する気持ちがあるわけで……。

――なんでキスしたの？

そう聞ければいいけど、そんな勇気もない。

くすくすと笑うエアハルトさんは、普段は見せないとろけるような顔をしている。

そんな顔をしていると、本当に勘違いしそうだよ……

もう一度頭のてっぺんにキスをしたエアハルトさんが、手を差し出してくる。

「お手をどうぞ、お嬢様」

「あ、ありがとう、ございます」

ドキドキと鳴る心臓が煩く感じるけど、とても心地いいものだ。

エアハルトさんのごつごつとした手を握ると、ゆっくりと壁に沿って歩き始める。

エアハルトさんはときどき立ち止まってその方向になにがあるとか、そこから見えた王族が住む建物や、騎士と魔導師が住む建物を指差して教えてくれる。

誰がどこにいるのかなどは教えてくれなかったから、機密事項なんだろう。

まあ、お城勤めじゃない私に教えられても困るから、助かった。

壁を一周すると、また階下へと戻る。一階まで下りきると、今度は騎士たちの訓練場に向かう。

途中までは石畳になっていて、壁沿いには低木が植えられていた。お花はない。

中級ダンジョンに一緒に潜った騎士とすれ違って挨拶を交わし、そこからまた歩く。

その途中で訓練場に行くというビルさんに会ったので、一緒に行くことになった。

ビルさんはエアハルトさんの元同僚だ。私もこの世界に来たばっかりのときにお世話になっている。

「特別ダンジョンを踏破したんだって？　凄いね、リンは」

「ありがとうございます。でも、凄いのは一緒に潜ったメンバーと従魔たちで、私はポーターをしたり依頼をこなしただけですよ？」

「それでも。初級ダンジョンに一緒に潜ったときと比べたら、強くなったよ、リンは。そこは君が頑張ったんだから、誇るといい。また一緒にダンジョンに潜りたいと思うよ」

「そう言ってもらえると嬉しいです。多少戦ったとはいえ、あのときは護られてばかりでしたけど、今はちゃんと戦えますから」

「そうか」

ニコニコしながら頭を撫でてくれるビルさん。

私は背が低くて小さいし、ビルさんには妹がいないからそのつもりで接している、らしい。

くそう……！　多少なりとも身長が伸びたんだから、小さい言うな！　確かに二人からしたら小さいけども！

このやり取りも久しぶりだなあ、なんて笑うエアハルトさんとビルさんにつられて、私も笑ってしまった。

そのまま一緒に歩いて訓練場に行く。訓練場はコロシアムみたいな作りになっていて、周囲にある席から訓練している様子を見下ろすことができるようになっているんだって。

私たちの他にも何組かの人がいて、反対側の席には貴族の女性がいるようで、黄色い声がここまで届いている。

きっと、婚約者や憧れている人がいるんだろうね。身内もいるだろうけど、圧倒的に黄色い声援が多い。なんか、テレビでやっていたアイドルのコンサートみたいな声援だった。

まあ、私たちには関係ないので、座って訓練を眺める。

エアハルトさんやビルさんによると、騎士たちが使う武器は冒険者と同じように様々だけど、実践訓練でもあるので全種類試すんだそうだ。

ちなみに刃を潰した訓練用の剣や槍を使っているという。

もちろん盾を使った訓練もあって、それぞれの武器同士でグループになり、次々に訓練をしていた。

「おおお……筋肉が踊ってる……！」

「リン……」

「見るのはそこなのかい？」

「そこなんです！」

実践的な筋肉は素敵でカッコイインです！　と力説したら、エアハルトさんとビルさんに生温い視線をもらってしまった。

いいじゃない、鍛えあげられた筋肉は裏切らないんだから。

そんなことを考えていると、高校生くらいの年齢の騎士の格好をした子たちが入ってきた。

「お、今日は騎士見習いも訓練する日だったな」

「騎士見習い、ですか？」

「ああ。正式な騎士になれるのは十八歳以上からだが、十五歳で試験を受け、合格すると騎士見習いとして城勤めになる。三年間は下っ端だが、その間に簡単な料理の仕方、武器や防具の手入れの方法、剣や槍など自分の適性武器の型を習う」

「もちろん、魔物や戦略と戦術などの座学もあるよ。ただし、見習いとはいえ試験に合格しないと騎士になれないからね。みんな必死に勉強して、試験を受けるんだよ」

「なるほど～」

試験は筆記と実技で貴賤は問わない。才能があれば合格できるんだって。

筆記は魔物の種類をどれだけ覚えているかなどで、実技は試験官と打ち合いをするんだそうだ。そこで現在の力量を見て、そして三年間での修業の成果とあわせて、どこに配属するのか決めるらしい。

もちろん魔法適性もあるので、それも考慮に入れるそうだ。

「凄いですね。あ、だからダンジョンに潜ったとき、ヒーラーがいたんですね」

「ああ」

騎士の中にも戦うことが苦手な人がいるそうで、そういう人はたいてい回復や補助魔法が得意なことが多いらしい。

なので、戦闘が苦手な人は回復魔法と、バフやデバフなどの補助魔法を徹底的に覚えさせ、ヒーラーとして育てるという。

もちろんそれは魔導師にもいえることで、ヒーラーは数が少ないことから、魔導師と合同で訓練しているんだとか。ちゃんと考えられているんだね。

そんなことを話していたら、見習いの子たちが訓練を始めた。

先輩騎士が指導する横で、今は素振りをしている。

基本がきちんとできないと先には進めないし、体ができていないと怪我をする可能性もある。

なので、基礎訓練として素振りや走り込みをして、まずは体力をつけさせるんだとか。

それと並行して筋肉も鍛えるらしい。

そんな見習いの訓練方法をエアハルトさんとビルさんに聞いていると……

「エアハルト副団長⁉」

エアハルトさんを呼ぶ声が聞こえてきた。その方向を見ると、美少年がいる。

それとも美少女？　声は低めだから男の子かな？　なんとも中性的な面立ちの子だ。

髪は金髪なので、これからどんどん能力を上げていく段階なんだろう。能力が上がると、髪の色が濃くなっていく世界だからね。

そんなことを考えていたら、美少年から「なんで平民の女なんかがエアハルト副団長と一緒にいるんだよ！」と言われ、睨まれてしまった。

エアハルトさんもビルさんも、そして指導していた騎士や周囲にいた見習い騎士の子たちも、冷え冷えとした視線を美少年に向けている。

美少年はどうしてみんなからそんな視線を向けられているのかわかっていないようで、なぜか私をさらに睨みつけてくる。

あちゃー。その発言と行動はアウトだよ、美少年。

「「「平民なんか、だと……？」」」

エアハルトさんとビルさん、指導していた騎士の声が揃う。

指導していた騎士の顔をよく見ると、なんとローマンさんだった。

ローマンさんは、私の店がある通りを担当し、巡回している騎士の一人だ。

エアハルトさんもビルさんも、そしてローマンさんも激おこ状態だ。それはそれで珍しい。

「所詮は鼻っ柱の強い、貴族のお坊ちゃんってことか」

「この国の道義にも騎士道精神にも反するな」

聞いたことがないくらいすんごい低い声で、ぼそぼそと囁き合うエアハルトさんとビルさん。ローマンさんもなにやら呟いたみたいで、見習い騎士たちの顔が引きつっていた。

いったいなにを言ったの、ローマンさんは。

だ、大丈夫なのかな、あの美少年。

どうなるんだろう……とちょっと心配しつつ、私にはなにもできないので見守ることにした。

だってさ……激おこの現役騎士二人と元騎士が一人。三人して美少年を睨みつけているんだもん。

「じゃあ、ちょっと指導してくる」

「頼む」

そんな言葉を残して見学席から飛び下りるビルさん。すぐにローマンさんがビルさんに近づく。そして二人してこそこそと話し合ったあと、美少年だけを残して他の見習い騎士たちを見学席側に移動させていた。

その雰囲気に顔を引きつらせる美少年。

「今からお前を指導する」

「え……？」

「お前は、言ってはならないことを言った。推薦してくれた侯爵殿もどこかで見ているだろう。どれだけ愚かなことをしたのか、しっかり体と頭に焼きつけろ」

「は!?」

ローマンさんの言葉に、目をまん丸くして驚く美少年。それと同時にまた私を睨みつけてきた。

「あんたが告げ口したのかよ！」

「全員その場で聞いていたのに、なんでそうなる！　彼女は関係ないうえに、暴言を吐いたのは貴様だろう！　責任転嫁するな！」

「ひ……っ」

ローマンさんとビルさん、そしてエアハルトさんから殺気を浴びせられ、小さく悲鳴をあげて怯える美少年。それを見て、内心溜息をつく私。

あーあ、自分が悪いのに私のせいにするなんて、おバカとしか言いようがない。

それに、告げ口もなにも全員が聞いていた言葉だよ？　怒るに決まってるじゃん。

これが見習いじゃなくて通常の騎士だったら、ビルさんとローマンさんに抗議していたよ。

そんな感想はともかく、ローマンさんの「構えろ」との言葉に、震えながらも剣を構える美少年。ビルさんの合図と共に、稽古が始まった。

彼らが使っているのは、刃を潰してある剣だ。

指導と言っている通り、ローマンさんは攻撃せず、まずは彼に攻撃させている。

剣同士がぶつかってキンッ！　という甲高い音が響いてくるけど、美少年はダンジョンに一緒に潜った騎士たちとは微妙に動きが違う。

なんていうのかな……素人丸出しというか、自己流で戦っているというか……

〝騎士としての〟型とは言えないのだ。

「何度言えばわかる！　対人戦で正面から攻撃する場合は、真っ直ぐに下ろせと言っているだろう！」

斜め上から袈裟懸けに剣を振り下ろした彼に、ローマンさんがダメ出しをする。

彼が剣を振り下ろした角度は、魔物の首を斬り落とすような感じの、かなり斜め上からだった。

「あの角度は魔物に対して使うものだ。今はまだ見習いなんだから、対人戦の基礎を学ばないといけない。それをわかっていないいんだ」

呆れたような表情で呟くエアハルトさん。

「私は魔物としか戦っていませんけど、ゴブリンなどの人型と戦うときって、ローマンさんと同じように剣を真っ直ぐに振り下ろして戦っていましたもんね、騎士たちは」

「ああ。対人戦のときはどんな武器だって同じだ。リンだってギルドで指導を受けたときに言われなかったか？」

「言われました。なので、徹底的に素振りをさせられました」

相手が人型と獣型では戦い方が違う。

剣の場合は、相手が人型のときは真上から下ろすように、相手が獣型のときは斜め上から下ろすようにする。つまり、袈裟懸け（けさが）にする。

大鎌の場合は、柄が長いことと刃が湾曲していることで、できるだけ真横からだったり少し斜め上から振り下ろすというか振り回すというか、それが基本だと教わったのだ。

基本の振り方がきちんとできるまで、教官に何度も素振りをさせられた。

スサノオ様との訓練でも同じことをさせられたし、綺麗な軌道で振り下ろすと「きちんとできているな」と褒めてくださった。

マジで基礎は大事です。

基礎がきちんとできないと、応用すらできないし、させてもらえなかったんだから。

「だろう？　今はこれまでの自分の経験が必要なんじゃない。騎士としての基礎を学び、体力強化をはかる期間なんだ。それが終わらないと、いつまでたっても見習いのままだ。その証拠に、彼だけは髪が金色のままだろう？」

「そうですね」

エアハルトさんの指摘通り、彼以外の見習いたちの髪は、青だったり赤だったり金髪だったり緑だったりと、種族によって様々だけど、頑張って能力を上げているのか色が少し濃くなっている。

だけど美少年の彼は今の自分の能力に自信があるのか、それとも慢心しているのか、綺麗な金髪のままだった。

とてもよく似合っているけど、騎士として生きていきたいのであれば努力を怠ってはいけないと、エアハルトさんが呟く。

騎士であれ冒険者であれ、戦うのは主に魔物となのだ。

髪の色や能力に関係なく、常に慎重に行動して努力していないと、自分だけじゃなく一緒に行動している仲間も大怪我をする。

以前、大怪我をした冒険者がいたじゃないか、初級ダンジョンで。あれではダメなのだと、溜息をつくエアハルトさん。

「ローマンなら徹底的に扱くだろうな。そのあとはビルか。ビルの扱きは過激だぞ？　現隊長で、次期副団長とも言われているからな」

「おお、ビルさんって凄いんですね」

「だろう？　妹のように可愛がっているリンを貶されたんだ。あれは相当怒っていると思う」

そこまで怒らなくても、私はまったく気にしてないんだけどなあ。

だけど、「平民なんか」っていう言葉は二人の逆鱗に触れたみたいで、マジで怒っている。

長い間エアハルトさんと話していたけど、未だに彼に対する指導は終わらない。

どんなにローマンさんが「その振り方は違う」と言っても、彼はその動きを真似しないのだ。

とうとうローマンさんは首を横に振り、指導役をビルさんと交代して私たちがいるほうへと歩いてきた。

「あれはダメだな……。最長五年間は見習いとして置いてもらえるが、基礎ができないと騎士になれないし、放逐されることになる」

ローマンさんに対して、苦々しい表情で話しかけるエアハルトさん。

「それは仕方ないいんじゃないですか？　推薦で来て試験を受けたものの、筆記は平均以下だったそうですし。当時は実技はかなりよかったと言っていましたがね。それに、エアハルト様に憧れて入ってきたものの、彼が入った年にエアハルト様はすぐに退団されましたから、腐っているんじゃないいんですか？」

ローマンさんの「憧れて入ってきた」という言葉に、嫌そうに顔を顰めるエアハルトさん。

「知るか、そんなもん。どこの家の者だ？」

「本人は子爵家らしいですが、推薦してきたのは寄り親の侯爵家です。剣の腕は確かにいいですが、自己流ですからね。もちろん他の見習いもスタートは同じです。ですが、他の子たちはきちんと基礎を学んでいるというのに、彼だけは『俺はこれでいいって言われたから』と言って聞く耳を持たないいんです」

おおう、コネで入ったのか。そりゃあ天狗にもなるよね～。

「その侯爵家には抗議したのか？」

「しました。もちろん、彼の言動を交えて。今日見学に来ると仰っていたので、どこかで彼の姿を見ていると思います。場合によってはその家も処罰の対象になりますと伝えたら、慌てていましたから」

「バカな奴だな。確かに筋はいいがそれだけだ。騎士というよりも、まるで冒険者の動きを見ているみたいだ」

「そうですよね」

エアハルトさんの指摘通り、彼の動きは騎士というよりも冒険者が魔物と戦っているように見える。誰に剣を習ったのかわからないけど、あれでは騎士としてはダメだと、エアハルトさんもローマンさんも、溜息をつきながら首を横に振っている。

「お、そろそろ終わるか」

「そうですね」

トータルで二十分くらいの訓練をしていたけど、彼は体力がないのか、すでにヘロヘロな様子だ。

ビルさんも顔を顰めて溜息をついている。

次は別の子の指導が始まった。

緑色の髪の子で、犬か狼かわからないけど、尖った獣耳とふさふさの尻尾が生えている子だ。彼はなかなか筋がいいみたい。

美少年の彼と違って教えられた通りに動いているみたいで、ビルさんもローマンさんも、エアハルトさんも頷いている。

ただね……他の子は真剣にビルさんとその子の動きを見ているのに、美少年はエアハルトさんが気になるのかこちらをちらちらと見ている。

そのついでに私を睨みつけるのを忘れないのが凄い。

わかってるのかなあ……。そんな様子を、ビルさんとローマンさんも見ているんだけどな。

そのうち怒鳴られるかも……と思ったら、案の定監視をしていたローマンさんに怒鳴られた。

「どこを見ている！　今は訓練中だぞ！　やる気がないなら騎士を辞めろ！　基本ができない、指導教官の話に耳を傾けない奴など、騎士に向かない！」

「え……、そんな、だって、侯爵様がそれで大丈夫だって……」

「それは合格するまでの話だろう！　騎士になったら基本を学べと言われなかったのか！」

「それはっ……」

言われたのにその態度なのか……と、つい遠い目になってしまう。

そんなことを考えていたら、彼は突然「俺はエアハルト様に憧れて入ったのに！」と言い出した。

「なのに、なんで騎士を辞めてしまったんですか！　俺、俺……エアハルト様に憧れて、こんなに好きなのに……！」

「「「…………はあ!?」」」

「うわ～……」

まさかの愛の告白でした！

え？　この世界にも腐った話ってあるの!?

あったらあったで驚きなんだけど！

「関係のないことを言わないでくれるか？　俺は衆道（しゅどう）の趣味も未成年を愛（め）でる趣味もない！」

「え……、な、なら、隣にいる平民の女はどうなんですか！　どう見ても俺と同じ未成年じゃないですか！」

「その傲慢な態度を直せと、何度言ったらわかるんだ、貴様は！　彼女は立派に成人している。そして俺たちと一緒にダンジョンにも潜れるほどの実力がある」

「は……？　そ、そんなバカな！」

ビルさんの言葉に見習いの子たち全員が唖然としているけど、事実でーす！

確かに身長は小さいけども！

エアハルトさんにギルドタグを貸してと言われたので、素直に渡す。

レベルやランクだけが見えるようにタグを持ち、美少年に見せるエアハルトさん。

タグを見た途端に、青ざめていく彼。

「え、Aランク⁉　しかもレベルが百五十超えっ⁉」

「恐らく最短で、しかも最年少でSランクに上がると思うぞ？　先日の特別ダンジョン攻略メンバーの一人でもあるからな」

「「「「ええーーーっ⁉」」」」

エアハルトさんの言葉に、美少年だけじゃなく、他の見習いたちも一緒になって驚く。

そんな様子を冷たい目で見るエアハルトさんに、さらに彼は顔色をなくしていく。

エアハルトさんにタグを返されたので、それを首にかけて服の中にしまう。

そのときに美少年の様子を見ていたんだけど……

なんというか、素直に話は聞いている。ただし、エアハルトさんの話に限る、的な感じで。

だからビルさんとローマンさんになにか言われても、右から左に聞き流している。

でも、エアハルトさんに同じことを言われると凹む。

そんなんで大丈夫かと心配になるが、ぶっちゃけるとウザい。

だって、いくら恋愛は自由だといっても、他人に迷惑をかけている訳だしね。

そんな彼は、本当にエアハルトさんが好きなようで、顔色を真っ白にしながらも、未だにうるうるとした目で見ている。

……うん、女の子だったら可愛いというか、あざといというか、そんな目と表情をしているよ？　だけど、男の子だからねー……

私はＢＬがある世界出身だから生温い視線で見たけど、エアハルトさんを含めた周囲はドン引きしている。

男に好きって言われても、そういう性的指向の人じゃない限り、困るよね。

彼はその後もずっと「好きなのに」とか「愛してるのに」とか言ってて、その空気の読めなさ加減に正直気持ち悪くなってきた。

ビルさんとローマンさん、エアハルトさんも、眉間に皺を寄せている。

というか、そろそろ本筋に戻ってほしいんだけど。

今は告白をする時間ではない。訓練をする時間だと忘れているのだろうか。

そんな私の気持ちが伝わったのか、ビルさんが彼の頭を軽く叩いて、そこからお説教タイム勃発(ぼっぱつ)。

途中で白髪交じりで五十代後半くらいの強面なおじさまが来て、ビルさんとローマンさんに謝罪していた。

きっとあの人が彼を推薦した侯爵様なんだろう。

その後、これから基礎をしっかりやることを条件に、彼の最後の思い出のためエアハルトさんとビルさんが打ち合い稽古をすることになった。

感動したようにその姿を見ている美少年。

他の見習いや初老の男性、ローマンさんや途中で見学に加わった騎士たちに囲まれながら、ずっと打ち合いを続けている二人。

そして、十分ほど続いていた打ち合いが終わると、二人は剣を下げて礼をした。

途端に拍手が鳴り響く。

凄かったよ～！　見ごたえがありました！

剣がぶつかりあってギリギリと押し合いをしたり、振り下ろされた剣をかわしたり弾いたり。とにかく二人は動きっぱなしだった。

見習いたちもキラキラとした目で二人を見ていて、しっかりと心に焼きつけたみたい。

もちろん、私も騎士同士の打ち合いを見るのは初めてなので、しっかり目に焼きつけたとも。

二人とも、めっちゃくちゃカッコよかったです！

それにしても、散々動き回っていたのに、息切れもせずまったく疲れを見せないって凄いよね。私にもやってみるかと言われたけど私は騎士じゃないし、武器が大鎌だから、丁重にお断りした。

さすがにアズラエルで戦うわけにもいかないし。

その代わり大鎌を見てみたいと言われたのでアズラエルを見せると、その禍々しさと名前に、みんな絶句していた。

ま、まあ、うちの店の隣にある鍛冶屋のゴルドさんによると、神話の時代に出てくる大鎌と同じ名前だそうだから、納得ではある。

ただね……ビルさんとローマンさん、途中で見学に加わっていた騎士たちがエアハルトさんに詰め寄って、私を見ながらひそひそと話していたのはなんでかな⁉

すっごい気になるんだけど！

その後、正規の騎士の訓練も見学させてもらい、一緒にダンジョンに潜った人たちと話をしたりしてから訓練場を出た。

ずっと見ていたかったけど、そろそろお昼になるとエアハルトさんに言われたのだ。

どうりでお腹が空いてきたなあと思ったよ。

ビルさんや他の騎士たちに「また一緒にダンジョンに潜ろうな！」って言われて嬉しかったな。私も一緒に潜って、こんなに成長したよ！　ってところを見せたいけど、お店のお休み次第だからこればかりはどうしようもない。

私は薬師であって、冒険者じゃないんだから。


そんなこんなでお城を出ると、辻馬車にのって中央地区に戻る。

エアハルトさんが今回連れていってくれたのは、以前話していた従魔を連れて入れるお店だった。

外観は白い壁で看板が鳥の形になっている。扉には『開店中』と書かれた木のプレートがぶら下がっていて、それは猫の形になっていた。おお、凝ってる〜。

ドアを開けるとチリリンと鈴の音が鳴り、「いらっしゃいませ〜」と奥から女性の声が。

「あら〜、エアハルト様〜。お久しぶりねぇ〜」

「久しぶり。二人と彼女の従魔が二匹なんだが、いいか？」

「あらあらまあ！　こちらにどうぞ〜」

にこにこした女性は店長さんなのかな？　足を引きずっているのが少し気になるけど、

とても姿勢がいい女性だ。おっとりとした雰囲気の細身の女性。

エプロンをしているからわかりにくいけど、お胸様がすんごくおっきい！

歩くたびにたゆん、たゆん、と揺れるお胸様に、中にいた男性たちの顔がだらしないことになっている。エアハルトさんもなのかなあ、って思ってこっそり見たらそんなことはなく、私が見ているのがわかったのか、不思議そうな顔をしながらもにっこり笑った。

その笑顔に、今度は店内にいた女性たちが反応している。

気持ちはわかるけど……もやもやする～！

それはともかく、お昼時とあってか店内は満席だ。

どこに行くのかと思えば店内を通り過ぎて、案内されたのは中庭だ。

オープンガーデンのようになっていて周囲は樹木や花に囲まれている。

こっちはまだそんなにお客さんがいないみたい。それに、人の近くには従魔なのか魔物たちがいた。

「このお席にどうぞ～。こちらは従魔がいる人専用の席だから、安心してね～」

「ありがとうございます。雨が降った場合はどうするんですか？」

「そのときは～、ここに～、パラソルを挿すのよ～。あと陽射しが強い夏もね～」

「なるほど～」

試しにと腰に着けていたバッグから大きな傘を出すお姉さん。柄の部分をテーブルに挿し、突起を押すとゆっくりと持ち上がって広がった。

おお～、本当にパラソルだ！

西の大陸からドラール国を通じて伝わった技術で、渡り人が伝えたものなんだって。凄いなあ、召喚された人って。傘の構造なんて知らないよ、私。

お姉さんはメニューを置いたあと、店内から呼ばれて行ってしまった。

「さて、なにを食べようか」

エアハルトさんはニコニコとしながらメニューを覗き込んでいる。

「おすすめはありますか？」

「冬の時期ならシチューをすすめるところだが……」

〈ラズはシチューがいい！〉

〈スミレモ！〉

「野菜たっぷりって書いてあるもんね。なら、私もそれにします」

シチューにサラダとパンがついたセットをふたつと、単品でスミレサイズのシチューを頼むことにする。飲み物はミントティーにした。

ラズがかなり食べるから、セットのひとつはラズに、もうひとつは私とスミレでサラダとパンを分け合うことに。

エアハルトさんは動いてお腹が空いているからなのか、ステーキのセットを食べるみたい。お肉はオークだって。

食べるものが決まったので、近くを通りかかった男性店員さんに声をかけるエアハルトさん。

おお、猫とは違う尖（とが）った耳だ～。尻尾の先が白くなっているから、キツネの獣人さんかな？

ラズとスミレを珍しそうに見ていたけど、笑顔で注文を聞いてくれるお兄さん。

「スライムと蜘蛛は珍しいですね。飲み物はいつお持ちいたしますか？」

「先でいいか？　リン」

「はい」

「先でお願いします」

「かしこまりました。って……リン？　もしかして、薬師のリン様ですか？」

「え……？」

なんで知っているんだろう、この人。

そんなお兄さんを警戒したように見るラズとスミレ。

そしてエアハルトさんに、慌てて「ち、違うんです！」って否定するお兄さん。

なにが違うんだろう？

「うちの店には従魔を連れた冒険者の方がよくおいでになるのですが、彼らがリンという名前の薬師が作るポーションの出来がいいと仰っていましたので、それで……」

「ああ、なるほどな。最近はテイマーじゃなくても、従魔を連れている冒険者が増えたし」

「そうなんです」

情報元は冒険者かー！　それはどうしようもないよね。

それに、お兄さんの友達が冒険者をやっているそうで、その人が私の店でポーションを買うようになってから、目に見えて怪我して帰ってくる回数が減ったという。

いつも心配していたから、怪我が少なくなって安堵(あんど)したと笑うお兄さん。

「そうなんですね！　そういう話を聞くと、私でもお役に立てているんだなあって嬉しくなります」

「いえいえ。っと、すみません、長々と。すぐに飲み物をお持ちしますね」

仕事中だったことを思い出したのか、お兄さんは慌てて店内に戻った。

それと入れ違いで、「エアハルトとリン？」と声をかけられた。

振り向くと、そこにいたのは、『蒼き槍(あおきやり)』のリーダーであるスヴェンさんと、パーティーメンバーで魔導師のアベルさんだった。

「こんにちは」

「こんにちは。今日はこっちに来てたのか」

「はい。この町に来てからゆっくりしてないだろうって、エアハルトさんが誘ってくれたんです。お城の開放日だからと、さっきまでお城にいました」

「なるほどなあ。あ、同席してもいいか？」

「俺はいいぞ」

「私もいいですよ」

四人掛けのテーブルだったので私が移動しようとしたら、エアハルトさんが隣に移動してきた。空いた席にスヴェンさんとアベルさんが座ると、さっきのお兄さんがドリンクを持ってくる。

スヴェンさんたちはどうやら先に注文をしていたらしく、ドリンクが一緒にあるみたい。

「あれ？　アベルたちとリン様は知り合いかい？」

「知り合いもなにも。リンの店の常連客ですし、ダンジョンで一緒に戦ったことがありますよ」

キツネ獣人のお兄さんの言葉に、アベルさんが笑いながら事情を話す。

「アベルさんに魔法を教わりました」

「そうなんですね！　あ、さっき話したボクの友達はアベルなんです。最近はアベルとスヴェンが店に来てくれるので、助かっています」

「そうなんですね。あと、様づけはやめてください。リンだけでいいですよ」

平民だからと伝えると、頷いてくれた。いい人だな〜。

お兄さんが店内へ戻ると、従魔の話になった。

アベルさんの肩には初めて見る鳥型の従魔がいる。

初めて会ったときは連れていなかったからどうしたのか聞くと、今年に入ってから森の中で怪我しているのを発見したそうだ。魔法で治してあげたら懐かれて、従魔契約をしたんだって。

「スミレやロキたちみたいな話だな」

懐かしむような表情をしたエアハルトさん。

「そうですね」

「スミレも怪我を治してもらったのですか？」

アベルさんは鳥型の従魔を撫でながらスミレに話しかけている。

〈ウン。取レテタ脚モ、ソーマデ治シテクレタ〉

「そうですか。優しい主人でよかったですね」

〈ウン！〉

嬉しい気持ちを隠すことなく喜ぶスミレに、アベルさんは優しげな表情で微笑む。

そのあとで鳥型の魔物はブランクという名前と教わった。

最初はラズもスミレも、もちろんブランクも魔物同士で警戒していたけど、あっという間に打ち解けて仲良くなった。

それからすぐに料理もきて、みんなで話しながら食べていると、ふとアベルさんが真剣な目を私に向ける。

どうしたんだろう？

「リンは今、神酒（ソーマ）を持っていますか？」

「ありますよ。どうしたんですか？」

「妻の怪我を……アリーセの足を治してほしいんです」

アベルさんのいきなりの発言に、私は目を丸くした。

突然の話だけど、まずは食事を終わらせてからということになり、先に食べる。

というか、アベルさんに奥さんがいたことのほうが驚きだ。ダンジョンではそんな様子を一切見せなかったから。

そんなことはともかく、さっさと食事を終わらせてアベルさんから詳しい話を聞いた。

アベルさんいわく、彼が宮廷魔導師になったばかりのころ、先輩に連れてきてもらったこのお店で奥さんと知り合い、話しているうちに意気投合。

数十年は友達付き合いをしていたけどいつしか恋愛感情が生まれ、お互い同じタイミングで告白しあい、付き合い始めたんだって。

お付き合いを始めて二ヶ月くらいたったある日、お互いの休みを利用して出かけることに。奥さんがお弁当を作り、デートと称して森に遊びに行ったそうだ。

そのときのアベルさんはデートで浮かれて油断していたそうで、ポーションもＭＰポーションも持たず、なんの警戒もせずにいたんだとか。

近くの森だし、深いところに行かなければ、凶暴なボアやディアに出会うことはないからと。

途中でご飯を食べたり休憩をしつつ、散策したり薬草を摘んだり果物を採ったりして遊んだそうだ。

そうしているうちにいつもよりも遅い時間になってしまったので、急いで帰ろうと森から出る途中でホーンディアに襲われてしまったという。

なんとかアベルさんが撃退したものの、二人とも怪我を負ったんだって。

特に奥さんは大怪我を負ったんだとか。

アベルさんの魔法で軽い怪我は治せたけど、それ以上綺麗に治すことができず、歩くことが困難な奥さんをおぶって帰ったらしい。

当然のことながら、両家の両親から怒鳴られたと言っていた。

もともとの予定もあり、怪我が回復し、リハビリを経て歩けるようになってから結婚。

奥さんはそのときに負った怪我で左足の指が二本ないから、いつも足を引きずるように歩いている。

足だけではなく腰も一緒に痛めたみたいで常に痛そうにしていて、それからずっと医師の処方薬である痛み止めと湿布のお世話になっているそうだ。

アベルさんはしばらくは宮廷魔導師としてお城勤めをしていた。

だけど、そこを辞めて冒険者になったのも、奥さんのために上級や特別ダンジョンからごく稀（まれ）に出る神酒（ソーマ）が欲しかったからだと、とてもつらそうに話してくれた。

今はスタンピードを防ぐこともやりがいになっていて、冒険者を続けると言っている。

そして奥さんは商人をしているそうだ。あと少しで商人ギルドのAランクに上がりそうではあるけど、ギルドランクは未だにB。

私の店にはBランク以下は入れないから、一緒に店を訪れることができなかったそうだ。

奥さんは冒険者として同じチームの仲間ではないし、使うと転売扱いになってしまうから、どうしようかとずっと悩んでいたらしい。

「リンが神酒(ソーマ)を持っているのであれば、妻の怪我を治してあげたいのです。店で売っている商品を、個人的に買い取りたいなんて図々しいお願いだと承知しているのですが……」

申し訳なさそうに目と顔を伏せるアベルさん。

「そういうのはもっと早く言ってくださいよ、アベルさん。全然図々しくないです。私たちは冒険者仲間じゃないですか」

「……！　ありがとうございます、リン」

アベルさんには魔法のことでお世話になったし、それくらいお安い御用ですよ～。

そんな私の答えに、アベルさんは目を潤ませて頭を下げたので、慌てて普通にしてほしいとお願いした。

アベルさんと話し合って、報酬は三回分の薬草採取依頼を一回分の値段で受けることになった。

そして、四回目の採取依頼ではいつもの倍の薬草を持ってくるというので、それで頷いた。

薬草総数の値段からすると、それでだいたい神酒(ソーマ)一本分の値段と同じくらいになるからだ。

報酬が決まると、アベルさんが席を立って奥さんを連れてきた。

なんとその奥さんはさっきの店長さんらしきお姉さんだった。

そこでお互いに自己紹介。

「え、貴女がリンちゃんだったの～!?」

「ええ。とても凄い薬師だと話しましたよね？　リンの神酒(ソーマ)を使えばアリーセの足や腰を治せます」

「でも……」

躊躇(ためら)うお姉さんことアリーセさんをアベルさんが一生懸命説得している。

そして初めて神酒(ソーマ)を見たらしいアリーセさんは【アナライズ】を発動させたのか、その値段や効果の高さに震えながら、やっとの思いで一口飲む。

すると、すぐにアリーセさんの左足や腰のあたりが薄紫色に光り、消えた。

「…………痛く、ないわ……。ああ、アベル！」

「よかった！　本当にありがとうございます、リン」

「ありがとう～！」

アベルさんもアリーセさんも涙ぐみながらお礼を言ってくれた。

こういうときに薬師でよかったたって思うんだよね。

「どういたしまして」

アリーセさんが言うには、相当前の傷だし、薬を飲んでも腰の痛みが消えなかったみたいで、もうこれ以上治らないだろうと諦めていたんだって。

だけど神酒（ソーマ）を飲んですぐに腰の痛みも消え、今はなんともないと喜んでいる。

そしてアリーセさんに足を確かめてもらうと、ちゃんと指が生えていた。

おみ足も美しいです、アリーセさん。

「まあ！　まあまあまあ！　傷まで綺麗に消えているわ～！」

「よかったな、アベル、アリーセ」

スヴェンさんはアリーセさんとも親しいようで、自分のことにように喜んでいる。

「ええ！　本当にありがとう～！　リンちゃんのぶんはあたしのおごりよ～！」

「ダメですよ、ちゃんと払います！」

「嫌よ～。お礼も兼ねているんだから～」

涙ぐみながらも破顔したアリーセさんは、「特別サービスよ～」と言って私にカフェオレとミルクゼリーを、そして従魔三匹と男性三人にミルクプリンを置いていった。

ラズとスミレ、ブランクは喜んで食べていたけど、男性たちは苦笑しただけだ。

まさか、こんなところでカフェオレが飲めるとは思わなかった。

カフェオレは父がお土産でくれたもの以外飲んだことがなかったからね。

アベルさんが教えてくれたんだけど、このお店はアリーセさんのひいお祖父さんの代からやっているんだそうだ。お店で使っている豆は南大陸からの輸入品で、最高級のものなんだって。

そんなアリーセさんのひいお祖父さんは渡り人だったらしく、コーヒーの淹れ方やカフェオレなどの作り方を家族に伝授し、今に至るらしい。

ひいお祖父さんに会って話してみたかったけど、もう亡くなっているらしい。

アリーセさんもお祖父さんやお父さんに教わっただけで、会ったことはないという。

会えないのはとても残念だけど、特殊な経緯で異世界にやってきた私と違って召喚された渡り人の寿命は、この世界の人々の寿命の長さに比べたらかなり短いってアントス様が言っていた。

だからアリーセさんも会えなかったんだろう。

それでも、アントス様から事情を聞いていたから、渡り人の中にも幸せに暮らした人がいることに私は安堵(あんど)した。

だけど、同じように話を聞いていたエアハルトさんがなにやら悩んでいる。

私の寿命のことか、もしくは別のことか。寿命に関して話したっけ？　と思ったけど、話すにしてもアベルさんとスヴェンさんがいるので、今は無理だ。

帰ってから話せばいいかと軽くエアハルトさんの手を叩くと、ハッとしたような顔をしてから頷いた。

そこからまたしばらく話をしたり従魔たちと遊び、いい時間になったので私たちは帰ることにする。アベルさんとスヴェンさんは中央で買い物があるとかで、その場で別れた。

「また来てね～」

「はい！」

帰り際、忙しいだろうにアリーセさんが声をかけてくれたので、返事をする。

さっきは足を引きずっていたのに、今はそんなことなく元気に動き回っているのを見て、よかった！　と胸を撫で下ろした。

辻馬車乗り場に行く前に桜を取りに行き、そのまま西地区に帰ってきた。エアハルトさんが荷物をひとつ持ってくれて、恐縮しっぱなしだ。

馬車の中で、西地区にも従魔と一緒に入れるお店があるかどうかエアハルトさんに聞いてみた。なんとさっき行ったお店の三号店があるんだって。

おお、それはいいことを聞いた！

「今度はそこに行ってみたいです！　できればロキたちも連れていってあげたいですし」

「そうだな。そのときはまた案内しよう」

「ありがとうございます！」

勢いで連れていってと言っちゃったけど、迷惑じゃないかな？　大丈夫かな？

だけどエアハルトさんは嬉しそうな顔をして頷いているから、大丈夫なんだろう。そんな顔を見てドキドキしていると、最寄りの停車場に着いたので降りる。

ちなみに、辻馬車は一回につき銀貨一枚。かなり高めだけど、これには馬車の維持費と馬の餌代などが含まれているので、仕方がない。

その代わりどこまでのっても銀貨一枚なので、中央や別の地区まで行くときはとてもお得なのだ。

まあそんな辻馬車事情はともかく、西地区に帰ってきたので、ついでに夕飯と明日の朝の材料を買って帰る。

エアハルトさんも拠点に行かずに、そのまま私の家に来てもらった。

《《《《《おかえり、リン、ラズ、スミレ！》》》》》

「ただいま！　ごめんね、遅くなって」

《《ただいま！》》

庭に入ると留守番をしていた従魔たちとココッコたちがわらわらと寄ってきて、もふもふまみれになる。一匹ずつ丁寧に撫で回したあとエアハルトさんをダイニングに案内すると、レンとロキに結界を張ってもらった。

それから従魔たちとココッコたちに飲み物や餌を与える。

思い思いに座って食べたり飲んだりしている様子を見つつ、エアハルトさんにコーヒーを淹れる。

あのお店で私がカフェオレを飲んでいるのを羨ましそうにしてたんだよね。

どうして貴重な豆を持っているのかと驚いていたので、父たちがこの国に来たときのお土産や、お茶会で知り合った方の家で作られている特産品をいただいたり買ったりしたのだと話すと、納得した顔をされた。

コーヒーを飲んで落ち着いたので、お店で話せなかったことを話す。

「もしかして、渡り人の話を聞いたとき、私の寿命のことを気にしていましたか？」

「ああ……」

「そこは大丈夫ですよ」

「え？」

「言いましたよね、私は神様のせいでこの世界の住人になったって。渡り人ではありますけど、この世界に転生したという扱いになっているんです」

アントス様やアマテラス様によると、通常の渡り人は、召喚陣により魔力とスキルを付与されるけど、寿命までは付与されないという。

だけど私の場合はアントス様に蹴躓いたことと、アントス様が関与していた穴に落ちてしまったことで〝死んで転生した〟という扱いになり、寿命も付与されたのだ。

魔力が桁違いになってしまったのは想定外だけどね。

そこまで言うと私の話を思い出したのか、安堵したように長い息を吐いたエアハルトさん。

「アントス様によると、あと四千年前後は生きるそうですよ？」

「そうか……。てっきり俺は、百年もしないうちに、すぐにいなくなってしまうのかと思って……」

「寿命のことを言わなかったみたいで、すみません」

「いいんだ。そういったことは言いづらいだろうしな」

すまない、と謝ってくれたエアハルトさんに、大丈夫ですと答える。

それから少し雑談をして、席を立ったエアハルトさん。

「今日は楽しかった」

「私も楽しかったです。誘ってくれて、ありがとうございました」

「そうか、それはよかった」

一緒に階下へ行って、裏庭にある玄関からエアハルトさんを見送る。

振り向いたエアハルトさんの顔が近づいてきたかと思うと額にキスをされた。

エアハルトさんは「またな。おやすみ」と言って帰っていった。

「……え？」

一気に顔が熱くなり、腰が抜けて思わずその場にへたりこんでしまう。

「……くそう、イケメンめ！」

今日はやけにキスをしてくれたエアハルトさん。

勘違いしそうだよ……エアハルトさんも私を好きだって。

「いやいやいや、もしかしたら貴族同士の挨拶かもしれないし！」

そんな言い訳をしつつも、本当に好きでいてくれたらいいなあ……と思った。

結局動けなくて、ロキに二階まで連れてきてもらった、情けない主人の私だった。

第二章　ココッコたちの進化と侯爵夫妻の婚姻記念日

お城の見学をしてから二週間がたった。

最近は雨が降ることが少なくなってきていて、そろそろ梅雨、じゃなく雨季が明けるんだろうなと予想されるくらいの陽射しの強さになっている。晴れの日も増えてきた。

天気予報がないから、あくまでも憶測だけどね。

去年も体験したけど、この国の夏は、昼間は体感温度で三十度を超えていると思う。だけど日本と違って湿気がないし、万年雪がかかっている山から常に風が吹いてきているからなのか、日陰に入るとかなり涼しいのだ。

夜は毛布が必要なくらい寒いときもある。

まあ、お布団はロック鳥の羽毛布団なので充分温かいし、寒いと従魔たちが周りに寄ってきてくれるから、かなりほかほかだ。

それはともかく、雨が少なくなってきたからなのか冒険者が春以上に動き始めたらしく、ここ二、三日はいつも以上に忙しかった。

ララさんとルルさんは手が空いているということで店を手伝ってくれている。

アレクさんも今日はダンジョンに潜る日じゃないし手伝ってくれているというわけ。

三人からは報酬はお菓子でと言われているので、なにを出そうか悩んでいる。

グレイさんとユーリアさんが拠点から引っ越す用意をしていることもあり、最近はアレクさんもエアハルトさんもダンジョンにあまり潜っていない。

二人で上級ダンジョンの中層や下層、特別ダンジョンの中層に潜るのは危険だからというのもあるみたい。

まあ、ヨシキさんたち『アーミーズ』と『猛き狼』、『蒼き槍』に誘われたりしているし、他にも仲のいい冒険者パーティーに誘われているみたいで、短い期間だけどそれなりに潜ったり、潜る予定を立てていたりするとはアレクさんが言っていた。

それはともかく、今は目の前にいるビルさんとローマンさん、銀髪で獣耳と尻尾があるロマンスグレーなおじさまの対応をしないといけない。

なので、急遽応援を頼んだ。

「ママ、奥で話しているので、なにかあったらすぐに呼んでください」

「わかったわ。ララさんとルルさん、アレクがいるから大丈夫よ」

「「しっかりお手伝いいたしますわ」」

「僕も手伝いますから」

「急なお願いだったのに、ありがとうございます」

「「「どういたしまして」」」

　一階の奥にあるテーブルに三人を案内する。

　三人とも疲れた様子を見せていたので、ミントティーとブルーベリーを練り込んだスコーンを出すと、目を輝かせた。

　特にローマンさんはこういった甘いものが好きなようで、破顔していた。そして銀髪のおじさまも。

　ちなみにローマンさんはビルさんと一緒に巡回をしているので、その流れで一緒に来たらしい。

「それで、今日はどうされたんですか？」

「実は、今度副団長になることが決まってね。この通りに来ることがなくなるからその挨拶と、今度の担当者の紹介だなんだ」

　ミントティーを飲みながら、ビルさんが話し出す。

「おお、ビルさん、おめでとうございます！」

「ありがとう」

とうとう副騎士団長になるのか。

ビルさんは、エアハルトさん同様に出会った当初からたくさんお世話になった人だ。

その人が偉くなるのはとても嬉しいけど、会えなくなるのはちょっと寂しい。

「といっても、正式な後任がまだ決まっていなくて。しばらくの間、この方がこの通りの仮の担当になる」

この方と紹介してくれたロマンスグレーのおじさまは、エアハルトさんが騎士を辞めたあと、穴を埋める代理として副団長の仕事をやっていた人だそうだ。

エアハルトさんの弟であるロメオさんの前に団長さんだった人なんだって。ベテランだね！

それもあり、ビルさんはおじさまに教わりながら、副団長見習いとして仕事をしていたんだとか。

ようやく合格をもらえたらしく、晴れて副騎士団長に就任することになったそうだ。めでたい！

そこからお互いに自己紹介。

彼は狼獣人のハインツ・クノールさん。年のせいで銀髪だけど、昔は黒髪だったそうだ。

「団長さんだったんですか？　凄いです！」

「そういってくれるのは君くらいのものだがね」

「そんなことないと思うんですけど……。それで、今日のお話はそれだけですか？」

そう聞くと、微妙に緊張感が伝わってきた。

なので、先に私の気持ちを伝えておくことにする。

「もし、騎士団にまた私のポーションを、というお願いであれば、基本的には却下します。ただし、どうしてもポーションが不足してきたとか、神酒（ソーマ）じゃないと治せないという傷がある場合は、その限りではありません」

「儂（わし）が不敬であると言ってもかね？」

ハインツさんから不穏な空気が出ている。

「先に私を怒らせたのはそちらですよ？　王太子様を含め、何度も貴族に迷惑をかけられているんです。それで『納品してくれ』だなんて居丈高（いたけだか）に言われても、頷くわけがないです」

「……」

平民と言えど、私にも薬師としてのプライドがあるんだから、当然だ。

「それに、私はもともとこの国の民ではなく、遠くから旅をしてこの国に流れ着いただけです。たまたまエアハルトさんやビルさんと出会い、王都まで連れてきてくれて、今の団長さんにポーションを見せてくれたおかげで、定期的に納品することになりました。ダンジョンにも連れていっていただいたりお世話になりましたけど、それは今の団長さんが許可をくださったからであって、貴方ではないです」

いくら元団長であっても私は一度も会っていないし、私が騎士団に助けてもらっていたときハインツさんはすでに団長を辞めて後進の指導に当たっていたという。

はっきり言って、お世話になったのはハインツさんではなく、団長さんやビルさんやエアハルトさん、一緒にダンジョンに潜った騎士たちだけだ。

彼らに頼まれたならともかく、ハインツさんに頼まれても聞く気にはならない。

「わははっ！　本当にロメオやビルベルト、ローマンやエアハルトの言う通りの女性だね。貴族であろうとも、嫌なことは嫌、ダメなことはダメだとはっきりと言う」

突然笑いだすハインツさん。

「だから無理だと言ったではありませんか、ハインツ様。なにかあった場合は助けてくれると言ってくれているんです。それでいいではありませんか」

ビルさんもローマンさんもやれやれといった表情をしている。

「そうですよ。レベルが低くとも、リンちゃんの母親がハイパー系と万能薬を作って納品してくれているし、他の薬師たちもリンちゃんに感化されて、ハイ系を作れるようになったではありませんか。それでいいではありませんか？」

「ふふっ、そうだな」

「あの～……？」

さっきまで真面目な話をしていたはずなのに、いや、今も真面目な話をしているんだけど、ハインツさんはさっきからずっと笑っているのだ。

なにがそんなに楽しいんだろう？

「いや、すまない。儂(わし)としても君の――リンの性格を知りたくてな。試させてもらった」

「そうですか。では、こちらのお菓子やお茶もいりませんよね？」

「いやいや、本当にすまない！　それは是非とも食べたい！　娘がお茶会でいただいたレシピで作らせた菓子が美味でね。虜(とりこ)なのだよ」

ハインツさんのぶんだけわざとお茶とお菓子を下げようとしたら、慌てて手をつけ始める。そんな様子がおかしくて、つい笑ってしまった。

少しだけ雑談をしたあと、ビルさんとローマンさんは他にも行くところがあると帰ってしまった。

だけどハインツさんはまだ私と話したいらしく、残ると言っている。

「迷惑をかけないでくださいよ？　ハインツ様」

「あくまでも繋ぎの担当なんですからね？」

「わかっておるよ。ほれ、行った行った」

「リン、なにかあったら言ってくれ」

「ありがとうございます、ビルさん、ローマンさん。従魔たちがいますので、大丈夫ですよ」

私の近くにはロキとロック、スミレがいる。店番はレンとシマがやっているのだ。

残りの従魔たちは、ココッコと一緒に遊んでいる。遊んでいるというよりも、戦闘訓練をしているようだった。早くレベルを上げるための訓練だとは、ロキとレン談。

それはともかく。

「改めて言うが、先日は菓子と茶のレシピをありがとう。娘も妻も、ずっと手足が冷たいと言っていてね。教わったお茶を飲むようになってから、かなり改善されたと喜んでいる」

「確か、ユルゲンス家でのお茶会に参加していた方ですよね。あの、失礼ですけど、お会いした方には耳や尻尾が生えていなかったように思うのですが」

「ああ、娘は妻に似たからね。息子は私に似て、耳と尻尾がある」

「そうなんですね」

おお、貴族にもハーフがいるんだ！　そのあたりのことを聞いてみると、どちらか一方に似ることが多いんだとか。寿命に関してはどっちかの血の濃さで変わってしまうけど、あまり差がないという。

　ハインツさんは婿養子だという余談もいただいた。

「ここから少し重要な話をしたいんだが、結界を張ってもいいかね？」

「……どうぞ」

　警戒しつつも許可を出すと、遮音の結界を張ったハインツさん。

　それと同時にロキも張ってくれたので、話が外に漏れることはない。

　それを見届けたハインツさんが、いきなりロキとロックの前に跪いた。

　え？　何事!?

「儂は狼の獣人だから、貴方方がどのような方かわかる……狼獣人の中で崇めておるのでな。ロキ様は神獣・星天狼、ロック様が神獣・フェンリルですな？」

〈だとしたらどうする？　場合によってはお主の命がなくなるぞ？〉

　ハインツさんの言葉に警戒した様子のロキ。

「まさか！　口外はいたしません！　それに、儂はリンの関係者でもあるのです」

〈なに？〉

「……どういう意味ですか？」

「リン――いや、優衣さん。生きていてくれてよかった。死んだと聞いたときは胸が潰れる思いがしました」

「え……？」

まさか、ハインツさんが私の本名を知っているとは思わなかった。

いったい誰？

「周囲には話していないが、儂は転生者でしてな。病気ひとつしなかった優衣さんが、年老いた儂より先に死んだとニュースで見たときは驚いたものだ。それに、このブルーベリーを練り込んだスコーン。施設でよく作ってくれた」

その言葉に、とても懐かしい人を思い出した。町内会会長だったライゾウさんの親友で、施設のオーナーでもあった人のことを。

「まさか……院長先生……？」

「当たり」

私の言葉に微笑んだハインツさんは、立ちあがってからギュッと私を抱きしめ、頭を撫でた。

その手つきは、小さいころに撫でてもらったものと同じ撫で方だった。

〈リン、大丈夫か？〉

〈リンママ、大丈夫？〉

〈リン、大丈夫？〉

〈〈我らがいる〉〉

「だ、大丈夫」

ロキとロック、スミレが心配そうに声をかけてくれる。

その優しい撫で方に小さいころを思い出して、私はいつの間にか泣いていたみたい。

まさか、ここに来て院長先生に会えるとは思ってもいなかったのだ。

「落ち着きましたか？」

「はい」

しばらく泣いたあとで声をかけてくれたので頷き、一旦涙を拭いて、新たにミルクティーを淹れる。院長先生はミルクティーが好きだったからね～。しかもロイヤルミルクティーが。

なので、ミルクとバニラン、いただいた高級な茶葉を二階から持ってきて、ロイヤルミルクティーを淹れることにした。

「よくわかりましたね」

「話し方っていうんですかね。それと、あの当時と同じ撫で方でしたから」

「そうでしたか。前世の癖というのは抜けないんですかねぇ……」

気をつけてはいるのですが、と苦笑したハインツさんは懐かしそうな顔をしてロイヤルミルクティーを飲み、スコーンを頬張っている。

「優衣さんもこの世界に転生した転生者なのですか？　そのわりには姿がそのままですが」

「違います。まあ、そのあたりの話は、時間のあるときにしませんか？」

そう提案する。

ビルさんたちがいたときから考えても、すでに一時間以上話している。もうじき交代するとはいえ、副団長がずっと同じ場所で話していたらダメだと思うんだよね。

なので時間のことを話すと、ハインツさんはしまったって顔をしたあと、苦笑した。

「そうですね」

「そのときに、いろいろお話ししたいです」

「そうしましょう」

名残惜しそうな顔をして席を立ったハインツさんは、ロキとロック、スミレに私のことを頼むと、一緒に店のほうへと歩く。そして次の休みはいつかなど、また確認してからここに来るというので頷き、店内から見送った。

「長いこと話していたけれど、大丈夫だったの？」

私の表情を見てか、母が話しかけてきた。

「大丈夫ですよ。そのことについて、あとでママにも話しますね」

「わかったわ」

まだまだ店内がバタバタしているし、そろそろハイ系と万能薬がなくなりそうだという。

なので、買い取った薬草を持って慌てて二階で作り、さも在庫を出してきたような顔をして棚に商品を並べる。するとすぐに冒険者が集まってきた。

カウンター業務は母たちに任せ、また薬草を持って二階に上がり、足りないポーション類を作った。

お昼休みになるとアレクさんとララさんとルルさんが一旦拠点に帰り、父とリョウくんが来たので、ハインツさんのことを話す。

「実は、さっきの狼獣人の騎士なんですけど。院長先生でした」

「「は？」」

「だから、あの施設の院長先生が転生した方がハインツさんだったんです」

「「はあ!?」」

「今度詳しいことを話そうと思っているんですけど、ママたちも一緒に話しませんか？　できればライゾウさんも一緒に交えて」

お昼ご飯を食べ終わったタイミングでハインツさんのことを話すと、やっぱり驚かれた。

両親いわく、院長先生は彼らよりも先に亡くなっていたし、私のことをずいぶん心配していたそうだ。

だからこっちの世界でも会えるかと思っていたのに、ドラール国でも会えなかったという。

「狼獣人になっていたらわからないよなあ」

「そうね。なら、そのときは一緒にいることにするわ。他にミナちゃんとカヨちゃんも呼んであげたらどうかしら」

「そうですね。私もあとで連絡しますけど、お願いしてもいいですか？」

「ああ」

両親が若干潤んだ目をしながら頷いてくれる。

やっぱり会いたかったんだね、院長先生に。

それから母にリョウくんにあげるためのぬいぐるみの作り方を教わる。他にもポーションを一緒に作っているうちに午後の開店時間が迫ってきたので、父とリョウくんは診療所に戻った。

そしてアレクさんやララさんとルルさんも来たので、店を開ける。

午後も忙しく、途中でポーションを作ったりしているうちに、あっという間に閉店時間。

それから全員で顔を見合わせて溜息をつくと、アレクさんたちには先に帰ってもらう。

報酬のお菓子は後日渡すことになっているし、三人は明日も来てくれるというのでお願いする。

本当に助かる！


翌日。

ハインツさんがもう一度店に来てくれたので、休みの日を共有していつ会うか話し合う。

でも二ヶ月先までお休みがかち合うことがない。

どうしようか悩んだところ、明日の仕事はお昼までだそうなので、そのときに来てもらうことに。

ちょうど私も店が休みだし、父によるとライゾウさんも店が休みだと言っていたらしい。

ハインツさんに他にも立ち会ってくれる人と会ってほしい人がいることを話すと、不思議そうな顔をしたものの、頷いてから帰った。

そして当日。

待ち合わせ場所は、私の店の前。

「どこに行くんだい?」

「知り合いの冒険者の拠点です。そこに会わせたい人が複数いるので」

「ふうん?」

不思議そうな顔をするハインツさんだけど、もうじき『アーミーズ』の拠点に着くので詳しいことは内緒。出迎えてくれたのは父で、笑顔で中へと通された。

食堂に案内されると、ライゾウさんと母、ミナさんとカヨさんがいた。他の人たちはダンジョンに潜っているとかでいなかった。

まだ全員お昼を食べていないし、せっかくだから作ろうと思ったら、すでに母たちが用意してくれていた。『アーミーズ』の拠点であることと、転生者しかいないからと和食にしたみたい。

テーブルに出された料理に目を丸くして驚くハインツさん。

私も玄米茶を持ってきたのでそれを淹れる。その懐かしい香りに、全員が笑みを浮かべていた。

そこから食事をしながら、お互いに自己紹介。

やっぱり親友だっただけあって、ハインツさんとライゾウさんはお互いのことがすぐにわかったみたいで、席を立ってがっちりと抱擁していた。

「お前だけがおらんかったから、諦めておった。アントス神に優衣のことを聞かれなかったのか？」

「儂もアントス神に会いましたが、優衣さんのことはなにも」

「あの野郎……！　もし殴るつもりなら、一緒に行くぞ？」

「そんなことができるのですか？」

「ああ。そこはあとで教える」

「是非！」

ガッチリと握手をしたハインツさんとライゾウさんに、顔が引きつる。

本当になにをしているのかな⁉

ま、まあ、私に被害が及ばないならいいかと思いつつ、さらに自己紹介をしていく。

それぞれがみんな施設に関わっていた人たちばかりだからね～。前世と同じ名前だけあって、話すとすぐに打ち解けていた。

そして他のメンバーも全員私に関わったことがあるというか知り合いというか、そういう人たちばかりの転生者だと話すと、ハインツさんはとても驚いていた。

「で、優衣さんはどうしてその姿なのですか？」

「実は……」

アントス様のせいでこの世界に落ちてきてしまったことや、向こうで死んだことになっている理由などを含め、この世界に来てからのことを話すとハインツさんの額に青筋が浮かんだ。

うわ～、激おこだよ～！

「他に、誰かに話したかい？」

「偶然ではありますけど、エアハルトさんに聞かれたので話しました。あとアレクさんも」

「そうか……エアハルトも知っているのか。それでも変わらないのだね？　彼の態度は」

「はい」

成長痛がきて熱を出し、そのときに運んでくれた寝室内の様子や両親とのやり取りから疑問に思ったらしく、質問されたので話したと教えた。

あと、すでにロキとロックのことをハインツさんに知られているので、他の従魔たちもみんな神獣だと話した。

ついでにこの件を王族にだけは話したことを伝えると、額に手を当てながら溜息をつくハインツさん。

「もしや……王太子宮の一部が崩壊したのは……」

「王太子様が従魔たちを怒らせたからですね」

「……」

そのときのことをかいつまんで話すと、全員が思いっきり溜息をついた。何回思い出しても呆れてしまう。

そこからは当時の話やアントス様を殴る方法、私が流したレシピの話など、夕方になるまでたくさん話をした。

途中でヨシキさんたちが帰ってきて、そこでもお互いに自己紹介をして同じ転生者だとわかると、やっぱりガッチリと握手をしていたっけ。

「ほほう、あの駐屯地の自衛官でしたか。もしや、陸将補になったのは貴方ですかな？」

「ええ。キナ臭い時期ではありましたが、陸海空一丸となって頑張りましたね」

「そうでしたか。優衣さんは小さなころから、あの駐屯地の自衛官を見ていましからねぇ。

納得です」

　ハインツさんの言葉にギョッとして、つい話を遮ってしまう。

「ちょっと待ってください。小さなころからって……」

「おや、覚えていませんか？　優衣さんが三歳くらいのとき、あの駐屯地から施設にお手伝いに来ていただいたことがあるんです。そのときの貴女は、自衛官をキラキラした目で見ていましたね」

「マジですか！」

　そんな小さなころから自衛官を見てたの？　全然覚えてないんだけど！

「大人になってからも見ていましたよ」

「バラさないでくださいよ、ヨシキさん！」

「いいじゃないか、本当のことだし」

「うわぁ……恥ずかしい！」

　黒歴史をバラされたみたいで内心悶える！

　結局、夕飯もご馳走になり、ハインツさんに自宅まで送ってもらった。

　一度一緒にダンジョンに潜りたいと話をして別れる。

　エアハルトさんにハインツさんのことを話したいなと思ったけど、ハインツさんは今まで話していなかったんだから、私から話したらダメだと思う。

なので、本人が話をするまで、内緒にしていようと思った。


みんなでたくさん話した三日後。

すんごいすっきりした顔をしたハインツさんが店に顔を出した。

店内では話せないからと言うので奥に案内してミルクティーを出すと、にこにこしながら話をしてくれた。

「昨日、『アーミーズ』のメンバーと一緒に教会に行きまして、あの方を殴ってきました」

「わぁ……」

嬉々としてそんな報告をしてくれたハインツさん。

本当にアントス様を殴りに行ってきたんだ！

というか、みなさんフットワークが軽いね！　ほいほいアントス様を殴ってるよ！

みなさんが生まれた世界の神様だけどいいのかなあ？　という疑問はおいといて。

「そのとき、リンにと伝言をもらいました」

「伝言ですか？」

「ええ。『今度の休みのときに、従魔たちとココッコたち全員を連れて教会に来てください』、だそうです」

「そ、そうですか。わかりました」

呼び出しがきたよ〜。なんだろう？　やっぱり進化のことかな。

そういえば、従魔の眷属の扱いってどうしたらいいんだろう？

あとで商人ギルドに行って、私の担当職員であるキャメリーさんに聞かないと。

どうやってアントス様を殴ったとか、修行と称して魔物と戦ったとか、そんな話をしてくれたハインツさんはとても生き生きとしている。

以前よりも若返ったように見えるのは気のせいかな。

そしてロキとロックを見ると必ず跪きお祈りをして帰るハインツさん。

それだけ狼の獣人は、星天狼とフェンリルを崇めてるんだなあって感じた。

もちろん他の従魔たちのことも少年のようにキラキラとした目で見ているけど、ロキとロックに対するものの比ではない。

どんだけ狼系の神獣が好きなんだ！　と思ったよ。

ハインツさんは、お土産にと渡したパウンドケーキを受け取り、上機嫌で帰っていった。

「なんだろうね？　全員を連れてこいって。やっぱり進化先のことかなあ」

〈さあ？　まあ、なるようにしかならんだろうな〉

「そうだよね」

もしかしてレベル上げかなあ、なんてロキと話しながらカップを片付けたあと、店に戻って仕事をする。

お昼休みになったので一旦閉め、ご飯を食べたあとで商人ギルドへと出向き、キャメリーさんにココッコたちのことを相談してみた。

もちろん、個室で話したよ～。

「そうですね……初めての事案ですのでなんとも言い難いのです。従魔登録となると、名前が必要になりますし」

「ですよね……」

「従魔の眷属ですから、それをギルドタグに記載することは可能ですが、どうなさいますか？」

「そんなことができるんですね。なら、念のためにお願いしてもいいですか？」

「かしこまりました」

三匹の従魔たちに三羽ずつの眷属——正確には、ロキには雛が三羽、レンとシマには親たちと雛が一羽ずつココッコの眷属がいることを伝えると、ギルドタグにその通りに記載してくれた。ロキが雛たちの一部を、レンとシマがそれぞれの夫婦を受け持った形みたい。

それからついでに、瓶に使う砂を発注してから帰ってくる。どこで採ってくるのか聞いたら、ダンジョンからとのことだった。やっぱりダンジョン産だったか～。

私が発注をやめて仕事がなくなる人が出ても困るので、自分で採取するのはやめた。どうしても間に合わなさそうなときだけ、採取すればいいだろうしね。

薬草だって買取をしているけど、それだって間に合わないこともしばしば。なのでギルドや冒険者に依頼を出したり、商会や露店を回って、他の薬師や医師が困らないだけの分量を買ってきたりしているのだ。

まあ、そんな私の事情はともかく、午後もお仕事を頑張りますよ～。

ララさんとルルさん、母の手を借りて仕事をする。

やっぱり誰か雇ったほうがいいのかなあ。

まあ、母がいるからなんとかなっているし、エアハルトさんとアレクさんがダンジョンに潜っていると、ララさんとルルさんも暇を持て余しているそうで、たまには手伝いたいと言ってくれるので助かっている。

なんとかなっているからいいか、と気持ちを切り替え、午後の仕事を終わらせた。

そして休み当日。

朝から全員で教会に出向き、お祈りをしているとすぐにアントス様のところに呼ばれた。近くにはスサノオ様もいて、顔が引きつる。

今日はアマテラス様もツクヨミ様もお忙しいらしく、お仕事をされているんだって。そんな状態なのに、スサノオ様がここにいていいのかな？　なんて考えていたら、すぐに別の神様がいらした。

初めてお会いする方だったのでお名前を聞いたところ、オオクニヌシ様だと仰った。私の両親が祀っていた神様なんだって。

「一時は心配しましたが、お元気そうでなによりです」

オオクニヌシ様が優しく微笑んでくれている。

「ありがとうございます」

「さあ、帰りますよ、スサノオ」

「嫌だ！　俺は優衣や従魔たちと戦闘訓練を……」

「できるわけないでしょう！　今は忙しいんですから！　そのうちまたゆっくりとお話ししましょう、優衣」

「はい」

にこやかに挨拶をしたオオクニヌシ様は、スサノオ様の腕を掴み消えていった。

「はあ……。どうしてスサノオ様は、ああもリンとの戦闘訓練をしたがるのか……」

「脳筋（のうきん）だからでは？」

「ふふっ！　そうかもしれませんね。さて、本題に入りましょう」

テーブルの上にはミルクティーが置かれている。

それだけでは寂しそうだったので、母に教わって作ったチーズケーキをお茶請けとして出すと、アントス様は喜んでくれた。

あとでアマテラス様たちのぶんも届けてもらおうと思う。

で、本題なんだけど、アントス様によるとココッコたちがもうすぐ一回目の進化をしそうなんだって。

「一回目、ですか？　それで終わりじゃ……」

「違います。全部で二回進化します。ただ、従魔ではないので、ココッコたちをダンジョンに連れていくのは大変でしょう？　数も多いですし」

「そうですね」

「なので、二回進化するまで、ここで戦闘訓練とレベル上げをしませんか？」

「……はい？」

本当にココッコたちの訓練とレベル上げでした！

確かにありがたいお話ではあるけどいいのかなあ？　ほいほい来ていい場所ではないよね、この空間って。

そんな私の思考を読んだように、アントス様が微笑む。

「確かに気軽に来ていい場所ではありませんが、たいていは僕かアマテラス様たちが用事や話があってこちらに呼び寄せていますから、問題ありませんよ。リンだって用事がない限り、勝手に来るということもないですしね」

「それならいいんですけど……」

確かに私が勝手に来ているんじゃなくて、神様から呼ばれて来てるからね。

それに、アントス様の言葉を聞いたココッコたちが、やる気になってることもあり、断るのが難しいのだ。

「では、従魔たちにもお手伝いをしていただきたいのですが、いいですか？」

〈あとで我らも訓練をしたい〉

「いいですよ。まずはココッコたちを進化させてしまいましょうか。二回進化しないと、変身ができませんから」

「こけーっ！」

九羽揃って羽を広げ、「やったるでー！」とばかりに鳴くココッコたち。それを見て内心溜息をつきつつも、応援することにした。

最初は弱い魔物と戦ってレベルを上げるココッコたち。まずはスライムと虫から。

従魔たちの手助けがあったものの、レベルが上がるごとに手助けは必要なくなってくる。

スライムと虫を一羽だけで倒せるようになったら、今度はホーンラビットと戦闘だ。ホーンラビットとの戦闘も最初は従魔たちの手助けを必要としていたけど、戦い方を従魔たちやアントス様に教わりながら動いているうちに、一羽だけで倒せるようになった。

その次はゴブリン、次はフォレストタラテクトといった具合にレベルに見合った魔物と戦闘を続けていると、とうとうココッコが進化した。

進化したのはビッグココッコという、ダチョウサイズで見た目はココッコと変わらない姿の魔物。

でかっ！

「おお～、立派になったね！」

「こけ～！」

褒めて！　とばかりに寄ってきたビッグココッコたちを一羽ずつ撫でてもふり、褒めてあげる。嬉しそうに鳴いて頭や羽を擦り寄せてくるビッグコケッコたち。大きくなってもそこは変わらなかった。

ロキたちの眷属なんだから先にそっちに行かなくていいのか聞くと、ロキたち自身が〈リンは我らの主人だからな。優先しろと伝えている〉と、カッコいいことを話してくれる。

それに、ロキたちの眷属になったとはいえもともとの主人は私だからと、ラズやアントス様が通訳をしてくれた。

従魔たちといいビッグコケッコたちといい、本当にいい子たちばかりだなあ……！

ビッグコケッコたちを構い倒したあとは従魔たちも構い倒したよ！

休憩を挟み、二回目の進化までまた戦闘訓練を始めるビッグコケッコたち。

戦闘ばかりでもダメなので、きちんと休憩と食事を与えながらやっている。

もちろんこれは、アントス様の指示によるものだ。

なんだかんだと八時間はこの空間にいただろうか……。一回目の進化が終わり、ビッグホーンディアやレッドベアなどの大型の魔物を連携で倒せるようになったころ、二回目の進化がきた。

ロキの眷属がコカトリスとグリフォンとガルーダ。

レンの眷属である親二羽はサンダーバード、雛だった子がシームルグ。シマの眷属である親二羽はズー、雛だった子がフレスベルグという魔物となったと、アントス様が教えてくれる。

親たちは番だからなのか、同じ種族になったみたい。

「おや……グリフォンとガルーダ、ズーとフレスベルグは想定外ですね」

「はい？」

「その四種族は幻獣なんですよね。頑張りましたね、ココッコたちは」

《敬愛する主人のために頑張った！》

幻獣や高位ランクの魔物になったことで念話を覚えたらしく、九羽揃って同じことを言う元ココッコたち。

「そうですか。偉いですね」

「……」

アントス様は褒めているけど、私としてはちょっと複雑だ。

それでも、私と直接お喋りができるようになったと喜ぶ、元ココッコたち。

それぞれ蒼や赤、金色や雀に似た小鳥に姿を変えると私のところまで飛んできて、両肩や腕にとまった。

《これでご主人を護れるの》

《お礼をしたい》

「気にしなくていいんだよ？　私はみんなが元気でいてくれて、一緒に生活してくれるだけで嬉しいんだから」

端から見たら小鳥がぴぃぴぃ鳴いているようにしか聞こえないけど、たくさん話をしてくれている。本当にいい子たちだ。

新しい姿に慣れるためにもう一度本来の姿で戦闘訓練をしたあと、ココッコの姿に戻ってもらった。じゃないと教会に戻ったとき、大変な騒ぎになりそうだしね。

だってみんな大きいんだよ……

一番小さいサンダーバードですら、柴犬くらいの大きさがあるんだから。ズーやガルーダ、グリフォンなんて人間が三人余裕でのれるくらい大きいし。

これでダンジョンに連れていけると従魔たちが喜んでいるけど、どうやって他の冒険者たちにバレないよう戦闘をするかという問題がある。

まあ、みんなが喜んでいるからいいかと溜息をつき、誰かが来たときや、店や私の護衛をするときはココッコの姿でいることを約束させた。

それからさらに一時間、私や従魔たち、元ココッコたちと戦闘や連携訓練をしてから教会に戻してもらった。あー、疲れた！

ココッコたちが進化したお祝いをしようと、教会の帰りに食材をたくさん買い込んだ。

幻獣や高位の魔物になったことでお肉や魚介も食べられるようになったらしく、野菜だけではなくお肉や魚介を食べたいとリクエストしてくれたのだ。

なので、自分が持っている食材を思い出して足りないものを買い込み、自宅へと帰る。

お昼までは庭や家の中を小鳥の姿で自由に飛ぶ元ココッコたち。

さすがに元ココッコたちとか種族名で呼ぶのは可哀想な気がしてきた。

うーん……名前をつけてあげたほうがいいんだろうか。

九羽分を考えるのは大変なんだけど！

それはともかく。

「君たちは名前が欲しい？」

《欲しい！》

懇願するような、期待するような目で私を見る元ココッコたち。

「ロキやレン、シマたちの眷属なのに、名前を与えたら私の従魔になったりしないかな？」

〈そこは大丈夫だと思う〉

「そっか……。すぐには決められないから、夕方まで待ってくれる？」

《うん！》

やった！　と叫んで私の肩にとまる小鳥姿の元ココッコたち。今は料理の準備をしているから、飛び回って羽を落とさないでね～。

そんな注意をして、野菜やお肉、魚を切る。ココッコサイズで食べるそうなので、できるだけ小さく切った。お祝いの準備をして料理をして。

お昼はパーティーのようなご馳走になったよ！

従魔たちもその眷属たちも、美味しそうに、そして楽しそうに話をしながらご飯を食べていた。そんな様子を見ながら、私もほっこりしたのは言うまでもない。

お昼を食べたあとはそれぞれが好きなように過ごす。

すると、窓の外からエアハルトさんの声がしたので階下に行った。

「こんにちは。どうしました？」

「こんにちは。冒険者ギルドから、『フライハイト』と『アーミーズ』に呼び出しがきた」

「呼び出し？　なにかありましたっけ？」

「恐らくだが、特別ダンジョンの件とランクアップの話だと思う」

「あ～……」

すっかり忘れていたけど、私はSランク、他の人たちはSSランクになるっていうあれか～。

行かないという選択肢はないそうなので、護衛に猫サイズになったレンとシマを連れ、エアハルトさんをはじめとした『フライハイト』のメンバーと一緒に冒険者ギルドへと行く。

グレイさんとユーリアさんに会うのも久しぶりだ。最近は忙しかったみたいだからね。途中でヨシキさんたち『アーミーズ』のメンバーにも会ったので、一緒にギルドに向かった。

ギルドに到着し、リーダーたちが受付で話をするとすぐに二階へと促され、会議室のような場所に案内される。

この部屋は文字が書けなかったり読めなかったりする人が勉強したり、なにか厄事――たとえばスタンピードやネームドと呼ばれるとても強い魔物が出現したとき、どうするかを話し合う場合に使われるんだって。

まさに会議室でした！　人数が多いから、ここに通されたみたい。

受付嬢にお茶を出されたのでそれを飲んで待っていると、すぐに二人の男性が入ってくる。

一人は魔神族でもう一人はドワーフ。

席を立とうとしたら「そのままでいい」と言われたので、座ったままだ。

私とは初対面なので改めて紹介されたんだけど、魔神族の人がギルドマスターで、ドワーフの人が副ギルドマスターだそうだ。

前のギルマスとサブマスのことで二人にも改めて謝罪されたけど、終わったことだからと話すと、ホッとしたような顔をした。

本人たちにもちゃんと謝ってもらっているし、いつまでも怒ってないよ、私は。単に冒険者じゃなくて薬師として働いているだけだしね。

そんな説明をしたあと、「そのレベルとランクで薬師……」と言われてしまった。

なんでさー？

それはさておき。

「今日呼び出したのは、ランクアップの件だ」

「リン以外の『フライハイト』のメンバーと『アーミーズ』のメンバーはSSランクに、リンはSランクとなる」

「理由は、スタンピードを阻止した貢献で、だ」

やっぱりか〜。内心溜息をついていると、私以外の人たちの顔つきが変わる。

「その件ですが、俺たち『フライハイト』はお断りします。ただし、リンはSランクに昇格させたいですね」

「俺たち『アーミーズ』もエアハルトと同じ気持ちだ。リンは従魔の件もあるから、Ｓランクになったほうがいいと考えている」

「ふむ……どうしてか聞いてもいいか？」

　エアハルトさんとヨシキさんの言葉を受けて、真剣な表情をするギルマス。

「俺たちは合同で特別ダンジョンを踏破したが、それはリンの従魔たちがいたからこそできたことだ」

「リンと従魔たちがいなければ、俺たちは全滅していた可能性が高い。それに、そこまでの技量に至っていないというのもある」

　代表で、リーダーであるエアハルトさんとヨシキさんが交互に話す。その内容に、みんなして頷いている。

「君たちは自分の力量がわかっていると？」

「「ああ」」

「そうか。勿体ないことではあるが、確かにＳランクになってそれほど経っていないしな。仕方がない、今回はそうしよう」

「ただし、もし同じようにどこかのダンジョンを完全に踏破するか、特別ダンジョンのコアを発見して破壊した場合は、ＳＳランクになってもらう」

「それは決定だと思ってくれ」

「「わかりました」」

ギルマスとサブマスの言葉に、全員で頷く。

おお、凄いなあ、みなさん！

謙遜しているんじゃなくて、本当にそう思っているみたいだった。こういうところが尊敬できるんだよね、『フライハイト』や『アーミーズ』を含めた、他の冒険者のみなさん。

自分の力量を見極めているのが凄いと思うよ。

そして彼らの話が終わると、今度は私のほうに視線を向けてきたギルマスとサブマス。

「で、リンに関しては断れないと思ってくれ」

「うぅ……、やっぱり、従魔たちの種族が問題ですか？」

「ああ。従魔たちのことでトラブルになったときのことを考えると、リンはできるだけ高ランクになっていたほうがいいだろう。守秘義務があるから職員や俺たちは話したりしないが、気づく奴は気づくし、【アナライズ】で見る奴もいる。まあ、【アナライズ】で見た奴は恐ろしくなって口を噤んでいるようだがな」

「そうだな。今のところ気がついているのは良識のある奴ばかりだし噂は出回っていないが、Bランク以下はわからない。幸いにしてリンは冒険者ギルドに来ることは少ないから、噂になったとしてもかなり先になるだろう」

「まあ、そういう輩はBよりも上になる可能性は低いからな。店に迷惑をかける、ということもあるまい」

こちらが迷惑をかけた結果とはいえ……と言葉を濁しながらも、心配そうに見るギルマスや他のみなさん。

ありがたいなあ。ちゃんと心配してくれているんだね。

「そういう事情もあるんでな。Sランクは決定だ」

「わかりました。お受けします」

「助かる。で、今日は従魔を連れてきていないのか？」

「いますよ？」

猫サイズになっておとなしく私の両脇に座っていたレンとシマが、〈〈ここにいるにゃ〉〉と話すと、目を丸くして見るギルマスとサブマス。

「……本来の姿を見たい！」

「儂(わし)も！」

「そっち⁉　ま、まあいいですよ。レン、シマ。お願い」

〈〈わかったにゃー〉〉

私のお願いに、スペースのあるところで本来の姿になるレンとシマ。

大きいからね〜、二匹とも。

ギルマスとサブマスはキラキラとした目をしてレンとシマを見つめている。

「触ってもいいか？」

〈〈我らに触れるのはリンだけにゃ！〉〉

「く……っ！　やはりダメか……！」

「話には聞いていたが、本当なんだな……」

にじり寄ってきた二人を、小さくなってあっさりとかわすレンとシマ。猫サイズのまま私の側に来ると、そこから威嚇する。

そんな二匹をなだめるように頭を撫でてあげると、途端にゴロゴロと喉を鳴らす。そんな様子を見てギルマスとサブマスはがっくりと項垂れた。

それからしばらくして気を取り直したギルマスにタグを預けると、眷族が増えていたことに驚かれる。

なので、仕方なしにココッコたちがロキとレンとシマの眷属になったことを伝えた。

本当のことは言えないので、森で従魔たちと戦闘訓練をしているうちにレベルが上がって進化したことやその進化先の種族を告げると、私以外のみなさんに驚かれた。

ですよね～！

「はあ……。リンは予想外のことばかりするな……」

「本当にな。これでは目が離せない」

「うう……私のせいじゃないのに……」

眷属の種族も記載してくれるというので、誰の眷属がどの種族になったのかを話す。

誰かに作業を任せるのかと思ったらギルマス自らが記載してくれた。

どれだけ大事なんだろうね！　確かに大事だけど！

ランクでいえば、幻獣がSSランクに近いSSランク、他がSSランクに近いSランクだそうなので、他には見せられない、とのことらしい。

全員に呆れたような視線をもらったけど、私のせいじゃないからね！

そんなこんなで、私は他のメンバーと同じ、Sランクになりました。

ギルドから帰ってきたあと、延々と眷属たちの名前を考えた。すっごく悩んだよ……

私だとどうしても日本人っぽい名前になってしまうので体色から連想したり、スマホを使ってこの世界っぽい名前を検索したり。

散々悩んだ末に、二組の親鳥はレンの眷属がルアンとクイン、シマの眷属がベルデとアビー。

雛たちは、ロキの眷属であるガルーダが女の子なのでカーラ、コカトリスとグリフォンは男の子なのでロシュとリュイ。

レンのところの雛は女の子なのでラン、シマのところの雛は男の子なのでペイルにした。

それぞれこの世界にあるような色の名前にしたり、色から連想させるものにしてみたんだけど、考えすぎて頭が痛い。当分名付けはしたくないよ……

そして頑張って考えたからと、さっそく名前を教えることに。

まずはロキの眷属たちに名前を告げると、嬉しそうに鳴いて翼を広げていた。それをレン、シマと立て続けに名前を告げると、九羽全部が喜んでくれた。

よかった〜！

心配していた〝私の従魔になる〟ということもなく、みんなロキとレンとシマの眷属のままだったので安心した。

「ギルドタグは変更しなくていいかなあ」

〈あとでギルドに聞いてみたらどうだ？〉

「そうしてみる。ありがとう、ロキ」

ロキにお礼を言うと、嬉しそうに尻尾をブンブンと揺らす。

本当にブレないよね、従魔たちは。

そしてそれを皮切りに、他の従魔たちや眷属たちが突撃してきて、結局は私がもふもふ攻撃という、なんとも嬉しい攻撃にあうのだ。

なので、おかえしとばかりに撫でてもふり倒したあと、ご飯やお風呂を済ませ、みんなして同じベッドで寝たのだった。


翌日。ポーションや薬草の在庫を確認しながら、足りないポーションを作る。

「うーん……。そろそろどこかでダンジョンに潜らないと、微妙に足りなくなりそうな薬草があるなあ」

乾燥させた薬草だったり生の薬草を使ってポーションを作ったんだけど、ハイパーMPポーションと、神酒(ソーマ)に使う薬草の一部の在庫が少なくなってきていた。

今度の休みまでの買取次第だけど、場合によってはダンジョンに潜ろうと思う。

従魔たちや眷属たちも、ダンジョンに行きたいって言っていたからね。

「今日の買取を見て、先にギルドに発注をかけようっと」

できたポーションを持って店に向かい、棚に置いていく。

そしてラズに手伝ってもらいながら掃除をして開店準備をすると、母とララさんとルルさんが来た。すぐに時間になったので、鍵をあけて看板などを出す。

落ち着いてきたとはいえ、今日も忙しい。

バタバタしつつもなんとか午前中を乗り切り、お昼休憩。

ご飯を食べてまったりしていると、お昼を食べに帰ったはずのララさんと一緒に、執事服を着た人が来た。

ドラゴン族のフォルクスさんだったかな？

「こんにちは、リン様」

「こんにちは。フォルクスさん、でしたよね。あ、名前は呼び捨てでお願いします」

「覚えていてくださったのですね。はい、かしこまりました」

念のため確認すると合ってた！

よかったと胸を撫で下ろし、立ち話もなんだからと中へと案内する。

お湯を沸かしていたので、それを使って紅茶を淹れる。今日はオレンジの皮を使ったものだ。お茶請けにチーズを練り込んだスコーンを出すと、とても喜ばれた。

もちろんララさんにも出したよ。

お茶を飲んで一息ついたフォルクスさんは、懐から封筒を出すと私に差し出す。それを受け取って裏を見ると、封蝋（ふうろう）がしてあった。

「これは？」

「招待状です。ガウティーノ侯爵夫妻の婚姻記念日にパーティーがあるのです。お時間があるのであれば、是非にと」

「うーん……。他の貴族の方はいらっしゃいますか？」

「いいえ、今回は身内だけの小さなものなのです。ご家族は当然ですが、リンにも来ていただきたいそうです。時間が合わなければ、断ってもいいと申しておりました」

「そうですか……」

うーん、どうしよう。

お祝いのケーキはエアハルトさんを通じて渡そうと思っていたけど、まさか招待されるとは思っていなかった。

お茶会もパーティーも、一回きりって約束だからあれから行っていないけど、後ろ盾になってくれたガウティーノ家の人たちだけなら、行ってもいいかな。侯爵夫妻にはお世話になっているしね。

とりあえず中を見てからと思い、封を開ける。日にちと時間が書かれていて、「気軽に来てちょうだいね」と一言添えてあった。

「フォルクスさん。服はドレスじゃないとダメですか？」

「そんなことはございませんよ。リンが普段着ているもので結構です。奥様のお誕生日会のときは懇意にしている貴族の方がいらっしゃいましたが、今回は身内だけですからね。身内といってもご親戚の方々は夜にいらっしゃいますから、お昼の時間に気軽に来ていただければ、とのことでした」

「そうですか。時間も日にちも大丈夫ですし、お伺いいたします」

「ありがとうございます。旦那様も奥様もお喜びになりましょう」

ホッとしたように息を吐いたフォルクスさんは、紅茶とスコーンを頬張ったあと、ラさんと一緒に帰っていった。

「さて。ケーキの型をライゾウさんに作ってもらわないとなあ」

ゴルドさんのほうが店からは近いんだけど、ケーキの型と言って通じるかどうかわからない。ライゾウさんは転生者だから、ケーキの型というだけで察して作ってくれそうだ。

マドレーヌやリング状の型もついでに作ってもらおうと考えると、どんどん楽しくなってくる。

マドレーヌのレシピはマドカさんか母に聞けば知っていそうだしね。リング状の型では二色ゼリーを作ろうと考えているのだ。

　さっそくとばかりに両親にライゾウさんのところに行くことを告げる。ラズやスミレ、小鳥になったルアンとクインが一緒に来るというので護衛をお願いし、ライゾウさんのところに向かう。

「こんにちは～」

「いらっしゃい、リン。今日はどうした？」

「ケーキの型を作ってほしくて……」

「ああ、なるほどなあ。いいぞ。どのサイズが欲しいんだ？」

　さすがライゾウさん、ケーキの型って言っただけでわかってくれたよ～！

　なので、二十一センチと十八センチ、十五センチのものを頼む。ついでに十八センチのリング型とマドレーヌのシェル型を頼んでみたら、快く頷いてくれるライゾウさん。

　他にないか聞かれたからプリン型をたくさん頼むと、思いっきり笑ったあとで頷いてくれたのだ。

「ありがとうございます！」

「いいってことよ。こういうのは、知らない人間に頼むのは難しいしな。鍋やフライパンも、大きなサイズを作ってやるぞ？」

「なら、寸胴が欲しいです。えっと、これくらいのものを。従魔たちがたくさん食べるので、鍋だと作るのが大変なんですよ～」

「なるほどなあ。あれだけ大きくて数も多けりゃ、そうなるわな。この世界だとそこまでの大きさのものは本当に稀だし。業務用ってわけじゃないが、食堂や宿屋で使うくらいだし」

　この世界だと寸胴鍋は特注品らしく、お店で売っていないのだ。あっても家族が多い家庭用で八人分が作れるくらいの大きさしかない。

　私が欲しいのは二、三十人前くらいの大きさのものなので、本当に特注になる。従魔たちと眷属たちの数と食べ具合を考えると、どうしてもこれくらいの大きさになってしまうのだ。

「わかった、作っておく。魔石を使ったフライヤーもいるか？」

「フライヤーって揚げ物を作れるやつですよね？　そんなのも作れるんですか？」

「作れるぞ」

「ならお願いします！」

　ライゾウさんが、適当な大きさで卓上のフライヤーを作ってくれるというので、お願いしちゃった！　油も常に綺麗になるような【付与】をかけてくれるという、トンデモ機能付き。

ライゾウさんってば凄すぎるよ！

いつできるのかや値段の交渉をしたあとはガッチリと握手をして、自宅に帰ってきた。

なにを作ってもらうのかを両親に伝えると呆れた顔をされたけど、従魔たちや今はコッコの姿になっている眷属の数を見て、納得したように溜息をついていたっけ。

招待された日はちょうど店が休みの日で、三週間先だ。

ケーキの型なども「余裕を持って一週間は欲しい」とライゾウさんに言われているので、練習したりレシピを聞いたりするにも時間がある。

「ママ、マドレーヌの作り方を知ってますか？」

「知っているわ」

「今度教えてください！」

「いいわよ」

開店準備をしながらマドレーヌのことを話すと、すぐに頷いてくれる母。

こういうことがしたかったのよ～、なんて言っているのが嬉しいし、私も母とお菓子作りができて嬉しい！

そして閉店作業を終えると、詳しい材料を教えてくれた母。

材料は明日の朝市で買おうとメモを取るついでにスマホで検索すると、レシピが出てきた。

おお、どこかでマドレーヌを作っている人がいるんだ！

スポンジの作り方も検索をして、その材料もメモしておく。二段重ねのケーキにするつもりなので、あとで分量を計算しないとなあ。それとも母が知ってるかな。

夜は小さくなった従魔や眷属たちと一緒にお風呂に入って、ぐっすり眠った。

ライゾウさんに型や鍋を頼んだ五日後、完成したと連絡をもらったのでさっそく取りに行く。

「型は錆びたり変形したりしないように、しっかり【付与（エンチャント）】をかけてある」

「わ〜！　ありがとうございます！」

日本で見たことがある色の型が、カウンターに所狭しと並んでいる。リング状のものを含めたケーキ型が二個ずつ、プリン型とマドレーヌ用のシェル型が十個ずつあった。

おまけで猫と犬の肉球をかたどったマドレーヌ型とプリン型も作ったらしく、それも十個ずつある。プリン型はひっくり返した部分が凹んでいるので、そこにカラメルを流せるようになっているのだ。

「可愛い～！　こんなにたくさん、いいんですか？」

「ああ。試しに作ったやつだから、あとで使った感想を聞かせてくれるとありがたい」

「はい」

作ってもらったものを【無限収納(インベントリ)】になっているリュックにしまうと、代金を払ってお店を出る。試作するのが楽しみ！

途中でマルケス商会に寄って足りなくなりそうな薬草や果物、ケーキ類の材料を買い込んでから自宅に戻る。

今日は店が休みなので、しっかり練習しますよ～。

自宅に戻るとすぐにリョウくんを連れた両親に会ったので、そのままご招待。

今日は一日一緒に過ごすのだ。

「じゃあ作りましょう」

「はい」

材料をキッチンのところに出し、母と共に計っていく。

果物は焼いている間に切ればいいので、後回し。

計った材料を言われた通りの順番で混ぜ、型に流し入れたあとで上から二、三回落とし、空気を抜く。型にはバターと小麦粉を薄く塗っておくのがポイントだ。

オーブンを先に温めてあるので、その中に入れて焼く。試し焼きでもあるので、全部の型に入れて焼くことになっている。

オーブンに入れたら今度は果物を切る。

今回はスポンジの間にマンゴーとイチゴを入れ、上に飾るのはイチゴとブルーベリー、ミントの葉。シンプルに、見栄えよくしようと思ってそうなった。

果物を切り終わり、焼き上がるのを待っている間に、二色ゼリーを作る。オレンジとマンゴーを使ったものと、イチゴとミルクを使ったものにした。

あとはプリン。これはバナナやイチゴ、リンゴやキウイ、マンゴーや生クリームを使ってプリン・ア・ラ・モードにするつもりでいる。

できたゼリーはライゾウさんが作ってくれた冷蔵庫もどきにしまい、今度はマドレーヌ作り。これも材料を計り、バターを溶かしたりしてから混ぜ合わせておく。

そうこうするうちにスポンジが焼けたので取り出し、型から出して冷ましておく。

それが終わるとマドレーヌ型にバターを塗って生地を流し、オーブンに入れて焼く。

その間にプリンとカラメルを作り、これも冷やしておいた。

あと、ミルクプリンも作ったよ！　カラメルの代わりにイチゴを使ったソースにするつもりだ。

出来上がったものは『フライハイト』と『アーミーズ』で試食してもらうことになっている。『フライハイト』の拠点に全員集まる予定なので、あとで持っていくつもり。

そうこうするうちにマドレーヌも焼き上がったので型から取り出す。ひっくり返すと貝の形の他に、猫や犬の肉球の形が。

「おお、これは可愛い！」

「ああ。食べるのが勿体ないな」

〈リン、肉球とはなんにゃ？〉

「シマの足の裏にあるものだよ。ロキ一家やレン一家のものもだね」

〈〈〈〈〈おお～〉〉〉〉〉

〈ラズのはないの？〉

〈スミレノハ？〉

そういえばラズとスミレのがないなあ……と申し訳なく思っていたら、なんと肉球に隠れるように蜘蛛とスライムの形のものが！　気づかなかった！

「ラズとスミレのもあるみたい」

〈〈おお～〉〉

見せて見せてとはしゃぐ従魔たちにそれぞれ見せてから、食べてもらう。

それから私たちも一回試食をして、母にこれならばと合格をもらったので、もう一度練習と称して焼いた。

それから二段重ねのケーキをデコレーションして、プリン・ア・ラ・モードも作る。器は薬師のスキルの応用で作れないか試したらできたので、それを使って飾りつけた。

時間の許す限り練習したよ。試食だけど、みなさんに配るつもりでいるしね。

ケーキは持ち運びしやすいよう木箱に入れ、マドレーヌは布を敷いた籠に入れた。プリン・ア・ラ・モードはトレイにのせて、埃やゴミがつかないよう、レンに結界を張ってもらう。

両親に手伝ってもらいながら三時のおやつ代わりに拠点に持っていくと、全員が食堂で待ち構えていた。もちろん、ララさんとルルさん、ハンスさんのぶんもある。

テーブルの真ん中に二段重ねにしたケーキとゼリーを置き、プリン・ア・ラ・モードを全員の前に置くと、みなさんキラキラした目をしてそれぞれのお菓子を見ている。

「これは凄いね。王宮でも、こんなのは見たことがないよ」

「そうですわね」

「ガウティーノ夫妻に喜んでもらえますかね？」

「大丈夫さ」

王族であるグレイさんもユーリアさんも見たことがないという、二段重ねのデコレーションケーキなら、プレゼントとしても大丈夫だろうと胸を撫で下ろす。

プリン・ア・ラ・モードも持っていこうかな。

そのためにはライゾウさんに箱を作ってもらわないとなあ……

そんなことよりも、今日のケーキは試食用ではあるのだけど、グレイさんとユーリアさんを改めてお祝いする気持ちで作ったものなのだ。

ふふふ～、作っている間に、お二人以外には許可をもらったからね。

「なら、これはグレイさんとユーリアさんに」

「「え？」」

「婚姻のお祝いです。私はセンスがないので、装飾品など貴族の方には敵いませんけど、二段重ねのケーキならどうかなと思って焼きました。王宮料理人の方と比べると見た目も味も悪いでしょうけど……」

「そんなことはないよ。リンが作る料理はいつも美味しいじゃないか」

「そうですわ。もっと自信を持って」

「……ありがとうございます」

グレイさんとユーリアさんが褒めてくれる。それがとても嬉しい！

せっかくだからと二段重ねのケーキを二人に切ってもらった。あれですよ、結婚式でやるケーキカット。それをやってもらった。

刃の長いナイフを二人で持って、微笑むグレイさんと頬を染めるユーリアさん。

ピーピーと囃し立てるように口笛を鳴らしているのは誰かな？

ケーキカットが終わると拍手をし、改めてグレイさんとユーリアさんに「おめでとう！」とお祝いをしたあと、試食会。

全員に行き渡るように作ったのに、みなさん食べるスピードが速いんだけど！

これなら大丈夫だと母と顔を見合わせ、ホッとしたように頷きあったのだった。

ユーリアさんはプリンが気に入ったらしくてレシピを聞かれたので、あとで書いて渡すことに。

器については、グレイさんとユーリアさんが個人的に使うならという条件で譲ることにする。私はガラス職人ではないから、他の人に作ってって言われても困るし。

なので、そこはしっかり釘を刺しましたとも。

後日、レシピと交換という形になったけど、しっかりと報酬をもらったのは言うまでもない。

　そしてなんだかんだとあっという間に日にちが過ぎ、ガウティーノ家に招待された当日。

　アレクさんが御者で、馬車の中には私とエアハルトさん、護衛としてラズとスミレ、小さくなったユキと小鳥になったランが一緒に来てくれた。

　ガウティーノ家のみなさんは従魔たちを全員連れてきてもいいと言ってくれていたんだけど、賢い従魔と眷族たちは話し合いをして決めたみたいで、このメンバーだ。

　私が外出する日の護衛は店と同じようにローテーションしているみたいで、毎日違う。本当にいい子たちばかりで、私も助かっている。

　エアハルトさんと話をしていると、あっという間にガウティーノ家に着いた。

　緊張しながらもエアハルトさんにエスコートされながら馬車を降りる。玄関にはフォルクスさんとは違う、魔神族の執事さんがいた。

「おかえりなさいませ、エアハルト様。リン様、いらっしゃいませ」

「ただいま」

「お招きありがとうございます」

　にこやかに「どうぞ、こちらへ」と案内してくれる執事さん。

　エアハルトさんによると、使用人全員を統括し、この家を取り仕切っている家令の方でオースティンさんというお名前だという。

案内された場所はサロン。以前来たときよりも大きな部屋だ。

そこには侯爵夫妻をはじめ、団長さんとマックスさんがいた。

あれ？　一人足りないような……？

「カールはどうしたんですか？」

「一緒に来る予定だった奥様と赤子が体調を崩したそうよ。心配だからついていたいと」

「そうですか」

カールさんとは、ガウティーノ家の末っ子さん。昔いろいろあった人だ。

エアハルトさんが大事な日なのにと溜息をついているけど、私に言いがかりをつけられるよりはマシかとぼやいているから、いいんだろう。

全員が集まったというので、すぐに料理が運ばれてきた。

なので、私はオースティンさんに手伝ってもらいながら、マジックバッグから大きな箱をふたつ出す。

ひとつは二段重ねのケーキ、もうひとつは二色ゼリー。ゼリーはケーキとは味を変えるために、オレンジとマンゴーを使ったものだ。

ケーキは予定通りに飾りつけ、ゼリーもオレンジを薄くスライスして、ホイップした

生クリームと一緒に飾りつけてある。

「まあ……！　こんなに大きなものは初めて見ますわ。それに二層になっているゼリーも」

「母に教わりながら作ったもので、二段重ねのケーキになります。婚姻のお祝いだと伺ったので、特別なものにしたくて……」

「ありがとう。充分特別なものになっている」

キラキラとした目でケーキとゼリーを見つめる、侯爵ご夫妻とその息子たち。

そしてオースティンさんも驚いたように見ている。

昼食を兼ねているのか料理もいろいろ準備されていた。ココッコ一羽を丸ごと使った丸焼きとステーキにハンバーグ、そしてサラダ。他にもスープや副菜がたくさんある。

飲み物はワインとジュース各種だ。

オースティンさんをはじめとした使用人たちが動いて、料理を取り分けてはみなさんの前に置く。そしてすべての料理が配られると、侯爵様の合図で食事が始まった。

ステーキはジェネラルオーク、ハンバーグはチーズが中に入っていたり、上にかかっていたり。なにも入っていないものは、好きなソースをかけられるようになっている。

「大根おろしかわさびのソースがあればなあ……」

「大根オロシやワサビとはなんだね？」

私の隣にいた侯爵様が、小さな呟きを拾ったみたいで聞いてくる。あちゃー。

「えっと、大根おろしは大根という野菜をすり下ろして、醤油などの調味料を使って作ったソースです。わさびはダンジョンで取れる辛いもので、これもすり下ろして使います。どちらも肉や魚、野菜とも相性がいいんです」

「ふむ……。材料はあるかね？　できれば食べてみたいのだが……」

「いいですよ。厨房をお借りしてもいいですか？」

「ああ。オースティン、案内を頼む」

「もう、オイゲンったら。リンはゲストとしてお呼びしたのに……」

「構いません。いつもお世話になっていますし」

若干眉間に皺を寄せて窘める夫人に、しまった！　という顔をする侯爵様。

どっちも材料を持っているし、ゴルドさんにもらったおろし金も持っているから問題ない。お気になさらず～。

わさび用のおろし金は、わさびの実と交換でライゾウさんが作ってくれた。

オースティンさんの案内で厨房に行くと、以前一緒に料理した人たちがいた。

いったいどうしたのかと不思議そうな顔をしながらも、侯爵様に頼まれて新しいソースを作ると言うと、わらわらと寄ってくる。

本当に研究熱心だよね！

調味料や大根はあるというので、リュックからわさびの実を出す。料理人たちは匂いを嗅いでツーンとしたのか、眉間に皺を寄せて鼻をつまんでいた。

それをこっそり笑いつつ大根とわさびをすり下ろし、調味料を使ってソースを作る。

もちろん、料理人たちはしっかりメモを取っていたよ。

わさびの実とおろし金が欲しいというのでお裾分け。おろし金はまたライゾウさんに作ってもらえばいいしね。

ソースをワゴンにのせオースティンさんの案内でサロンに戻る。オースティンさんが各人の前にそれぞれ配膳してくれた。

「直接かけていただいてもいいですし、切ってから少しつけて食べてもいいです。ただ、こちらの爽やかな香りのするソースはたくさんつけると辛いので、気をつけてくださいね」

私から注意点を聞いたみなさんが、それぞれ好きなソースでステーキやココッコ、ハンバーグを味わっている。

「おぉ？　少し鼻がツーンとしたが、これはいい」

「この大根おろしというのも、口の中がさっぱりしていいですわ」

「これはいいね。いくらでも食べられそうだ」

「本当に」

　エアハルトさんは食べたことがあるからなにも言わなかったけど、他のみなさんはそれぞれ感想を言ってくれる。

　私は出されたソースを食べてみた。リンゴを使ったものやデミグラスソースだった。うん、これも美味しい！

　料理を食べたあとは、私が持ってきたケーキと二色ゼリーを食べることに。デザートが甘いからか、紅茶はストレートで出したみたいだ。

　相変わらず匂いがいいなあ。一口含むと、紅茶の香りが広がる。

　ケーキはオースティンさんが切ってくれるというのでお願いすることに。

　二段だと食べづらいだろうから、上にのっている部分を分けて切るように話すと、なるほどと頷いていたオースティンさん。

「オースティン、下の大きいケーキは使用人たちで食べなさい。さすがにこれ以上は入らない」

「よろしいのですか？」

「ああ」

「ありがとうございます」

さすがに侯爵様たちもお腹がいっぱいだったらしく、大きいほうのケーキは使用人たちにあげるようだ。

オースティンさんは嬉しそうに笑みを浮かべ、ワゴンにケーキをのせて部屋を出ていった。

というか、小さいサイズとはいえ十八センチはあるケーキだよ？

結構食べていたのに、みなさんどこにデザートが入るんだろう？　別腹ってやつ？

そんなことを考えていると、目の前にケーキとゼリーがきた。

さすがに私はお腹がいっぱいで入らなかったので、そのぶんを別の方に渡してほしいとお願いし、美味しい紅茶だけを堪能する。

ケーキの断面も綺麗にできていて、ホッとした。

「まあまあ！　中にも果物が入っていますのね。とても綺麗だわ」

「大きいほうのケーキにも入っているのかね？」

「はい」

もちろん同じにしましたとも。スポンジだけなんて味気ないし。

チョコがあればまた別の味が楽しめるけど、まだ見たことがない。

ただ、ヨシキさんたちがドラール国にいたとき、南の大陸から輸入されたカカオの実があったそうだから、そのうち伝わってくるんだろう。

加工の仕方はさすがに知らないから、伝わってくるのを待つことにした。

なんだかんだと三時間ほどガウティーノ家にいて、楽しくお喋りをさせていただいた。

領地のこと、領地の特産物、スライムゼリーの使い方や醤油などの調味料。

侯爵領にも初級と中級のダンジョンがあるそうで、そこから王都にあるダンジョンと同じ果物や醤油が見つかったと教えてくれた。そのおかげで、領民の食卓が豊かになったと喜んでいる侯爵様たち。

もちろんそれは他の領地にも言えることで、調味料が増えたことで料理のレパートリーが徐々に増え、少しずつだけど飢える人が減ってきているという。

だけどスラムは未だになくならないし、その対策なども難しいんだって。

戦争がないからこそ今はその程度で済んでいるけど、戦争があると親をなくした孤児も出てくるから、もっと大変になるんだそうだ。

そのようなことが起きないように管理するのが貴族として、領主として大切なことだと言っていた。

そんな話を聞いて、領主って大変なんだなあって思った。もし私が貴族に嫁ぐことになったとしても、同じように領地を管理することはできないだろう。育った環境と教育の違いなんだろうね。あと、世界が違うというのも大きいと思う。私にとっては難しい話ばかりだったけど、侯爵様たちが領民を大切にしていることだけはわかったし、きっと領民にも慕われているんだろう。

ガウティーノ家だけではなくユルゲンス家のお茶会でも感じたけど、お茶会に参加していたご夫人たちは、みんな領地の特産物を大切にしていることが、話の端々から窺えた。

みなさん私からレシピをたくさん買ったり、パーティーをしたり、散財しているな……と思うこともあったけど。贅沢をしても領民に迷惑をかけなければいいと思うんだよね。領主がお金を使うことで、経済が回るだろうし……と、私にしては珍しく、真面目なことも考えたのだった。

第三章　誘拐、新たな出会いと別れ

現在の私は、なぜか知らない部屋に閉じ込められている。

ふと目を覚ますと、ラズ、スミレ、ユキ、ランと共にいつの間にかこの部屋にいたのだ。

窓が開いているけど、鉄格子が嵌(はま)っていて逃げることができない。

ちらりと外を見たらかなり高い位置のようだった。

壁が丸みを帯びているから、塔とかそういうところに閉じ込められているのかもしれない。

逃げようと思えばラズもユキもいるし、ラグナレクを使えば簡単に逃げられる。

ただ、今どこにいるのかわからないし、どこに逃げていいのかもわからないから、そのまま部屋に閉じこもっている。

それにランが、鉄格子の隙間から外に出て、助けを呼んでくると言って飛び立ったのだ。

スミレも様子を探りに行っている。

そのうち、ランの話を聞いた従魔たちがエアハルトさんを連れて戻ってくるだろうと、暢気（のんき）なことを考えている。

だって凶悪だもん、私の従魔たちとその眷属たちは。神獣や幻獣、高位の魔物たちだしね。

彼らの主人である私が監禁されてる状態なのに、怒らないわけがない。

なので、安心して待っていられるのだ。

……まあ、主人がこんな状態で、ちょっと情けなさすぎる状況ではあるが。

「ちょっとお腹が空いたね、ラズ、ユキ」

《そうだね》

「パンを食べる？」

《うん！》

もうじき夕飯の時間だ。お昼をたくさん食べたとはいえ、小腹は空くわけで……

なので、マジックバッグの中に入っているパンを取り出してラズやユキと一緒に食べようとしたら、スミレが窓の隙間から戻ってきた。

「おかえり。怪我はない？　どうだった？」

〈怪我ハナイ。ココハ貴族ノ家ミタイ。ガウティーノ家ニ連ナル娘ヲ拐（さら）ッタト、言ッテイタ〉

「あちゃー。勘違いされたっぽい？」

また貴族か……と、遠い目になる。

というか、なんでガウティーノ家が出てくるの？

そもそも私はガウティーノ家とは関係ないんだけどな～。服だってドレスじゃなくて庶民が着ているものだし。

なんで勘違いされたんだろう？　……うん、考えてもわからないからいいや。

だから、ランが戻ってくるまでパンを食べて待っていることにする。スミレにも小さくちぎって渡すと、みんなして食べ始めた。

そもそもの話、なんでこんなことになっているかというと……

簡単に言えば眠らされて連れてこられたらしい。ガウティーノ家からお暇(いとま)をするとき、アレクさんが奥から馬を出しに行くのを待っていたら、急に眠くなったんだよね。

ラズたちによると、どうやら私は突然現れた黒ずくめの男たちに【睡眠(スリープ)】の魔法をかけられたようだ。今日はアントス様にもらった壊れ性能の服ではなく、マドカさんが作ってくれた服を着ていた。だからそういった魔法耐性の【付与(エンチャント)】がついていなくて、簡単に眠らされてしまったらしい。あちゃー。

ラズたちは神獣だから耐性があったらしい。

そのあまりにも大胆な犯行にラズたちが唖然としているうちに、黒ずくめの男たちは馬車で私を連れ去ったそうだ。

我に返ったラズたちはすぐに行動を開始。

侯爵様とエアハルトさんに連絡するようアレクさんに話し、私が連れ去られた場所がわかったら、すぐに知らせると約束。

それからラズとスミレとランは大きくなったユキに飛びのり、ユキの【隠蔽】を使って私のあとを追ってきたという。

〈すぐに助けてあげられなくて、ごめんなさい……〉

見知らぬ部屋で目を覚まし、事の経緯を聞いた私に対して、四匹揃って泣いて謝ってきたときは心が痛かった。

「気にしなくていいよ、ラズ。もちろんユキとスミレ、ランもね」

〈リン……〉

「なにか考えがあったからでしょ？」

〈うん〉

油断していたとはいえ、侯爵家の敷地内にいたのだ。

だから、犯人を割り出して捕まえるつもりで、ラズたち四匹は私をすぐに助けるのではなく【隠蔽】を使って私にくっついてきてくれたんだって。

その説明を聞いていたからこそ今、私は暢気にしていられるのだ。一人だったらもっと怖かったと思う。

……いや、本心を言えば怖い。

一応下着だけでもと神様たちの加護がついている服を身に着けてきたけど、役に立ってないじゃん！

そしてどこの家の人か知らないけど、私が後ろ盾のある薬師って知ったらどうなるんだろう？　もしかして、ガウティーノ家と敵対しているおうちの人なのかな。

最近よく出入りしていたから勘違いされたのかなあ……なんて、みんなと話をしていたというわけ。

拐ってきたならご飯くらい出せー！　とは思うけど、マジックバッグを取り上げられていないのは助かった。マジックバッグやリュックの中には、常に食料や武器、着替えが入っているから。

「そういえば、ギルドタグはどうなっているのかな」

外から見えないよう首から下げているギルドタグは無事だった。だったらエアハルトさんに連絡しようと文章を打ち、送ろうとしたところできなかった。

「あれ？　なんで？　というか、なに、この腕輪。引っ張っても取れないよ」

知らない間に右手に腕輪が嵌っていた。【アナライズ】も発動しなかったから、もしかしたらなにかを封じる魔道具なのかも。

〈リンが寝ている間に嵌められてた。先に溶かしておけばよかった……〉

ラズが落ち込んだように、しょんぼりしている。だからその頭を撫でながら「大丈夫だよ」と伝えると、ちょっとだけ元気が出たみたい。

〈なら、今から溶かす？〉

「そうだね。お願いしてもいい？」

〈うん！〉

ラズがあっという間に腕輪を半分溶かしてくれたので、すぐに外してタグの連絡機能を使ってエアハルトさんに文章を送る。

もちろん、心配しているであろう両親にも送ったよ。

するとすぐに返事がきて、ランの案内で従魔や眷属たち、『フライハイト』のみんなと団長さんがここに向かっている途中だという。

しかも、侯爵夫妻が激怒していることまで書かれていて、乾いた笑いが出た。

連絡が取れたことに安堵して、息をつく。

念のため【アナライズ】で腕輪を見たら、魔力や魔法とスキルを封じる魔道具と書かれている。

まあ、ラズが半分溶かしてしまったからもう機能しないみたいだけどね。

「ランの案内で、ロキたちと一緒にエアハルトさんたちや団長さんが動いているって」

〈〈〈おおー〉〉〉

〈じゃあ、ラズはそこの鉄格子を溶かすね〉

〈スミレハ毒ヲバラ撒イテキテアル〉

「なにをやってるの……」

詳しく話を聞くと、私がここに閉じ込められてすぐにあちこち移動して、遅効性の毒をばら撒いてきたらしい。毒といっても強力なものじゃなく、痺れたり眠くなって動けなくなる程度のものなんだとか。

褒めていいのか怒っていいのかわからない微妙な選択だなあ……

まあ、犯人を捕まえるためにも必要なことだからと、自分を無理矢理納得させた。

というか、どうして溶かすのは窓の鉄格子なの？　ドアを溶かせばいいんじゃないの？　そう思って聞いてみたら。

〈下に見張りが三人いるし、ドアの先は屋敷に繋がってた〉

〈殺サズニ逃ゲルノハ大変〉

「ああ、なるほど。ランたちがいれば、窓から飛んで逃げられるもんね」

私が無闇に人を殺すなって言ってるからなのか、殺さずに済む選択をしたらしい。

確かに、殺していいならとっくにドアから逃げているもんねぇ。

恐らく、ラズとスミレ、ユキとランがいる時点で、こんな部屋からは簡単に抜け出せると思う。

けれど、私は人相手に手加減する戦闘方法をスサノオ様に習っていないし、大鎌だと確実に人を殺してしまう。いくら正当防衛とはいえ、できれば人は斬りたくない。

それはラズたちも同じで、神獣三匹と幻獣一体が暴れたら、こんな場所なんて一瞬で崩壊すると思う。だって、王宮では簡単に壁や窓を壊してたんだから。

結局、エアハルトさんたちがこっちに向かっているとわかっているので、鉄格子を溶かさずにいてもらう。助けが来るのを待ちながらのんびりとラズやスミレと話していると、夜になってしまった。

寒いから窓を閉めようとしたら、小さな影が窓から入ってくる。入ってきたのはランだった。

「ラン！　無事だった？」

《うん！　助けに来たー。下から人が来るから、待っていてね》

「うん」

そうこうするうちに、外から喧騒が聞こえてくる。そしてドーン！　っていう、なにかが壊れるような音も。

……なにをしてるんだろうね。

というか、誰が壊してるんだろうと思うと、ちょっと恐ろしくなる。

たぶんみんなしてやってるんだろうなあ……なんて遠い目をしていたら、ドアがガチャガチャと鳴ったあと、すぐに勢いよく扉が開いた。

そこに見えた顔は、私の大好きな人。

「エアハルトさん！」

「リン！　無事か!?　変なことをされていないか？」

「はい」

「よかった……！」

近寄ってきたと思ったら、すぐに抱きしめられた。その手が若干震えている。

私もエアハルトさんの顔を見たら安心して、急に怖くなってきた。

エアハルトさんの服をギュッと握ると震えてしまう。それがわかったみたいで、エアハルトさんは優しく抱きしめ、頭を撫でてくれる。

う、嬉しいけど、身長差がかなりあるからなのか、素敵な大胸筋に顔が当たってなんだか恥ずかしい……！

「話はあとで聞くとして。なにか魔道具を嵌められなかったか？」

「魔法やスキルを封印する腕輪を嵌められていたみたいですけど、ラズが溶かしてくれました」

「さすがはラズだ。歩けるか？　すぐにここから出よう」

「はい。……って、あれ？」

さっきまでは立って歩いていたのに、なぜか足が動かない。暢気にしていたけど、やっぱり怖かったんだろう……今になって足にまで震えがきてしまった。

しかも、なぜか涙まで出てしまって、止まらない。

「よ……っと」

「きゃっ」

エアハルトさんは、軽々と私を抱き上げる。

「動けないいんだろう？　俺が抱いていってやるから。ラズたちはリンと一緒にいてくれ」

〈〈〈〈わかった〉〉〉〉

「うぅ……すみません」

「気にするな。しっかり俺に掴まっていろ」

「はい」

ふふ、と笑ったエアハルトさんは子どもを抱っこするように私を抱きしめ、すぐに歩き始める。ラズとスミレ、ランは私の肩や頭にのり、ユキは猫サイズになって私に飛びついてきたので、しっかり抱っこする。

階段を下りるというので頷き、泣きながらもしっかりエアハルトさんの首にしがみつく。

途中でアレクさんと他の従魔たちや眷属たちと合流した。

「リン、申し訳ありませんでした」

「気にしないでください、アレクさん」

落ち込んでいるアレクさんに謝罪された。だけど私は本当に気にしていないのだ。

だって、私も悪かったわけだし。悪いのは犯人だし。

そんな話をしていると階段を下りきり、そこで待っていたらしいグレイさんとユーリアさんと合流した。二人とも私の姿を見て安心してくれたようだ。

その時点で従魔たちが私から離れた。元のサイズに戻ったユキ。そのうえにラズとスミレがのっている。ランは私の肩にとまったままだ。

そのまま屋敷内を移動しようとしたら、この家の私兵なのか騎士服を着た人が五人ほど近づいてくる。どこか足取りが覚束(おぼつか)ないのは、スミレの毒が回ってきているからだろう。すぐにアレクさんとグレイさん、ユーリアさんが動き、峰打ちで呆気なく昏倒させる。それから縄を取り出すと簀巻(すま)きにした。

動いたせいで毒が全身に回ったみたいで、縛られているうちに全員動かなくなった。中には眠っている人もいて、スミレはいったいどんな毒を使ったんだ……と、遠い目になった。

「スミレ……なにかしたのか？」

〈麻痺ト眠クナル、遅効性ノ毒ヲバラ撒イタ〉

「なるほど……。だから外にいる連中も、屋敷内にいた連中も足が覚束(おぼつか)なかったのか」

「スミレ、エアハルトさんたちには影響はないの？」

〈ナイヨ。リンガ寝テイル間に撒イタモノダシ、今ハ効果ガキレテル〉

「な、なるほど」

スミレの話を聞いたみなさんが顔を引きつらせているけど、自分たちに影響がないとわかったからか、小さく息をついた。

簀巻きにした人たちは団長さんと一緒に来た騎士たちが連れていってくれるというので放置し、他の部屋へと歩き出す。その途中でまた兵士や黒ずくめの男たちが襲ってきたけど、やっぱりフラフラしていて『フライハイト』の敵ではなかった。

まあ、ランいわく、《普通の状態でも、エアハルトたちの足元にも及ばないよー》ということなので、もともと強くはないいんだろう。

今度はメイド服や執事の恰好をした人たちが邪魔をしてきたけど、剣どころか手で捕まえて縛るだけで終了。

次の部屋へと至る扉を開けたところで、団長さんと出くわした。

「リン！　大丈夫かい⁉」

「は、はい。ご心配をおかけしました」

「ああ、よかった。こちらこそ、すまない」

ホッとしたように笑みを浮かべた団長さん。すぐに厳しい表情になり、アレクさんとグレイさんに話を聞いている。奥に簀巻きにした人たちがいると聞くと、騎士たちに指示を出していた。

そのまま一緒になって歩いていると、壊れた壁や窓と、でっぷりと太っていて頭の一部が禿げ散らかっている、簀巻きにされた男性が見えた。

他にもメイド服や執事服を着た人たちも縛られている。

エアハルトさんたちが戦ったんだろう。

グレイさんが禿げ散らかっている人に近寄ると、胸倉を掴んで引き起こす。

「僕とユーリア、ガウティーノ家とユルゲンス家が後ろ盾をしている薬師をかどわかすとは……いい度胸だね」

珍しく激おこなグレイさんが、禿げ散らかっている人の耳元で囁くように話しかける。

……全然囁いてなくて、私たちに丸聞こえだったけど。

「え……？」

「まだわからないのかしら？　彼女は今貴族の間でも話題になっている、凄腕の薬師ですわよ？」

ユーリアさんも激おこな様子だ。

「え？　く、薬師？　は？」

「まあ……。相変わらず情報が遅いですわね」

「つまり、僕たちとふたつの侯爵家を敵に回したんだ。……覚悟するんだね」

「ひっ、ひぃぃっ！」

　二人の言葉を聞いてどんどん顔色を悪くし、最後には真っ白な顔色になって項垂れた禿げ散らかった人。

　グレイさんが掴んでいた胸倉を離し、ポイッと投げると、ゴン！　というイイ音がした。

　……グレイさんがそんなことをするとは思わなかったよ。禿げ散らかった人の頭は大丈夫かな。

　ちょっと心配になったけど、悪いことをしたんだから当たり前かと気持ちを切り替える。

「エアハルト、ここは僕たちとロメオに任せてくれるかな。リンを連れて先に帰ってくれ」

「ええ。リンは被害者ですから、先に連れて帰ってリンを休ませてあげてください、兄上」

「……ありがとう。言葉に甘えさせてもらう。おっと、その前に」

　グレイさんと団長さんに促され、エアハルトさんが頷く。そしてなにか思い出したのか、私を一旦グレイさんとユーリアさんに託したあと、禿げ散らかった人に近づいていった。

　そのあとはまたエアハルトさんに抱きかかえられ、そのまま外に向かう。

　屋敷の外まで行くとガウティーノ家の馬車が停めてあった。アレクさんが御者台に、私とエアハルトさんが馬車にのる。

　ロキとロック、レン一家は【隠蔽】しながら並走し、ラズとスミレは私と一緒に席に座った。眷属たちは馬車の屋根やアレクさんの近くで、馬車を護衛するみたい。

扉が閉まり準備が終わると、すぐに馬車が走り出す。

「リン、すまない。どうやら巻き込んでしまったようだ」

馬車が走り出してすぐ、エアハルトさんが謝罪してきた。

「気にしないでください」

「だが……」

「こうやって助けに来てくれたじゃないですか。それでいいですよ？」

「まったく……。リンは優しいというか、甘いというか」

私の対応に苦笑しながらも、エアハルトさんが頭を撫でてくれた。

いつもならそんな歳じゃない！　って怒るところだけどそんな気力もなかったし、助けられて嬉しかったから、おとなしくされるがままにしていた。心配もかけてしまったみたいだしね。

人心地ついたところでどこに向かっているか聞くと、ガウティーノ家だそうだ。侯爵様からお話があるんだって。

どんな話なんだろう？　変な話じゃないといいなあ……と思っているうちに、あまりにもエアハルトさんの撫で方が優しくて、いつの間にか寝てしまった。

「リン、着いたぞ」

「ん……」

体を揺すられて目を開けると、エアハルトさんの顔が目の前にあった。うわっ、ドアップ！

うぅ……恥ずかしい！

なんとか気を取り直し、馬車から降りようとしたらエアハルトさんにエスコートされる。

それはいつものことだからいいんだけど、また抱き上げられてしまった……今度はお姫様抱っこで。

え？　何事!?

「え、エアハルトさんっ、一人で歩けますっ！」

「嘘つけ。まだ足が震えているじゃないか」

「え……？」

自分では気づかなかったんだけど抱き上げられたまま足を見たら、微かにまだ震えていた。

歩きづらいとは思ってたけど……え？　なんで？

確かに怖い思いをしたけど、私自身はそこまでとは思ってなかった。

だけど体は正直なのか、連れ去られて軟禁されたことをまだ怖がっているのかもしれない。

「あ……」

「落ち着くまでおとなしくしてろ。帰りもちゃんと送っていくから。な？」

「……はい」

ダンジョンでは平気だったのに……。ダンジョンとは違う怖さだから、仕方がないのかも。

だから貴族と関わるのは嫌なんだよね。割を食うのはいつも平民なんだから。

ま、まあ、エアハルトさんの腕の中はとても安心できるし、胸筋の厚さが素晴らしい。

これって役得っていうのかな。違うかな。

内心でそんなことを考えながら、エアハルトさんに抱っこされ、ガウティーノ家の中に入る。

するとすぐに侯爵様夫妻やマックスさんたちガウティーノ家の人たちと、オースティンさんをはじめとした使用人たちが寄ってきた。

相当心配させてしまったみたい。

エアハルトさんにお姫様抱っこされたまま侯爵家の応接室に連れていかれ、ソファーの近くに下ろされる。侯爵様のすすめに従ってソファーに座ると、すぐにフォルクスさんが紅茶を差し出してくれた。私が落ち着けるように配慮してか、アップルティーを用意してくれたみたい。

私も喉が渇いていたようで、あっという間に飲み干してしまった。

それを見たフォルクスさんがすぐにおかわりを淹れてくれる。

「ありがとうございます、フォルクスさん」

「どういたしまして」

にこりと微笑むフォルクスさん。目尻に皺ができてる。

「無事か？　なにかされたとかはないか？」

「はい、大丈夫です」

「そうか……。すまない、リン殿。どうやら我々のゴタゴタに巻き込んでしまったようだ」

私が落ち着いたと感じたのか、今まで黙って私の様子を見ていた侯爵様は、今回の件で謝ってくれた。それからゴタゴタの経緯を話してくれる。

私が連れ去られた場所は、ガウティーノ家を一方的に敵視している侯爵家。もともとはエアハルトさんか団長さんを娘の婚約者にと狙っていた家だそうだ。

ところが、その家の令嬢はもともと社交界でも評判が悪く、何度も婚約破棄をされているような、かなり問題のある女性だったらしい。

当然のことながら、そんな不良物件はガウティーノ家の嫁や妻としては失格。

なので、話がきた時点で即断ったという。

む～……そんな人しかいないの？　エアハルトさんや団長さんの周りって。前回の子爵家のお嬢様もそういう感じだったたし。

そんな私の内心はともかく。侯爵様のお話はまだまだ続く。

「貴族というものは、よくも悪くも噂が好きだ。その噂が本当であれ嘘であれ、少しでもなにかあるとすぐに話題になり、周囲に拡散されてしまう」

「貴族同士の婚姻ともなると、王家ほどではなくとも相手のことを徹底的に調べるんだよ、リン。もちろん領地の状態などもね」

侯爵様いわく、貴族は政略的に婚姻をする場合が多いからこそ、経済状況やその家、本人も含めて様々なことを徹底的に調べるという。調べた結果問題がなければスムーズに婚約を結ぶし、あればお断りするんだそうだ。

今回問題を起こした侯爵家はご令嬢本人の噂と言動が芳(かんば)しくないうえに、親兄弟も似たり寄ったりの性格。

しかも、自分たちがもっと贅沢をしたいからと領地の税を上げたらしく、領民はかなり苦しい状況で、そのうち国から指導が入るだろうと噂になっていた。

そんな浪費家な家のご令嬢を妻に迎える家はないという。あっても同じ穴の狢かそういった噂に疎い家、または下級貴族しかいないだろうとのこと。

おおう……侯爵様もマックスさんも、そしてエアハルトさんも辛辣だなあ。

で、その家は、最近ガウティーノ家に雇われたばかりの使用人を買収し、情報を集めさせて私のことを知ったという。

平民の格好をしているけど、侯爵ご夫妻もその子息たちも私をかなり大事に、そして大切に扱っている。ガウティーノ家には娘がいないから養女にするのではないかと勝手に憶測。

それならば先に私を拐って無理矢理言うことを聞かせ、長男の嫁にしようとしてたらしい。

あまりにも馬鹿らしいというか、憶測が明後日の方向にいっていて、思わずぽかーんと口を開け、まぬけ面を晒してしまった。

「……」

「言いたいことはわかるがね、リン殿。とりあえず口を閉じなさい」

「あ、はい」

苦笑した侯爵様に指摘され、慌てて口を閉じる。

そして侯爵様は沈痛な面持ちで小さく溜息をつくと、口を開いた。

「一応報告しておくと、情報を流していた使用人には辞めてもらった」

「雇うときの契約のひとつに、他家に情報を漏らしてはならないというのがあってね。それに抵触（ていしょく）してしまったんだ」

「雇われた以上、その家に忠誠を誓うってことですか？」

「ああ」

家によって様々な雇用契約の条件があるそうなんだけど、どんな家でも基本的に、勤め先の情報を漏らしてはいけないという決まりが設けられているそうだ。

あと、買収されるっていうのも、使用人として本来ならばあってはならないことなんだって。

それもあって、情報を漏らした使用人には辞めてもらったという。もちろん他家への紹介状はない。自分の都合じゃなく情報漏洩での解雇だもんね。

そういったことで辞めた人は、他家でも同じことをする可能性が高いという。

だからこそ、他家に迷惑をかけないためにも「こんな人がいましたよ」と夜会や茶会で話をして、注意喚起をするんだとか。紹介状を渡さないのもその一環で、紹介状がないといくら本人が「ガウティーノ家で働いていました」と言っても信用されないという。

信用するふりをしても、必ず問い合わせがくるんだとか。

なので、問い合わせがきた場合は、包み隠さず話をするんだって。

……怖いなあ、貴族って。

「そういうわけでな……。本当に申し訳なかった」

「後ろ盾になっているのに、護ってあげられなくてすまない」

「すまない、リン」

「申し訳ございません」

侯爵様をはじめとしてマックスさんやエアハルトさん、フォルクスさんにまで謝罪されてしまった。怒っていい場面なんだろうけど、平民である私を放置せずに助けに来てくれたからね。

今回は許しますとも。

「あの、頭を上げてください。気にしてないと言ったら嘘になりますけど、ちゃんと助けに来てくださったではありませんか。それで充分です」

それに、婚姻記念日のパーティーを台無しにしてしまったんじゃないかという、うしろめたさもある。

「そうか……。ありがとう、リン殿」

「いいえ。あと、エアハルトさん」

「なんだ？」

「最後に禿げ散らかってた人になにを言ったんですか？　それを教えてほしいです」

禿げ散らかってたじゃん、でっぷり肥えてたあのおっさん。それを指摘したら、侯爵様たち全員が笑っている。

フォルクスさんなんてあからさまに笑うことができないようで、肩を震わせながら口に手を当てて笑いを堪えているし。

「禿げ散らかって、って……！」

「リンは面白いことを言うね……！」

「間違ってはいない、な……！」

堪えきれなくなったようで、とうとう全員が爆笑してしまった。

なんだっけ、ネットでいう大草原不可避ってやつ？　そんな感じでお腹を抱え、大爆笑してる。

面白いことを言ったつもりはないいんだけどなあ……

ある程度笑って気が済んだのか、侯爵様が咳払いをする。もちろん、他のみなさんも。

「ああ、質問の答えだが。あえてグレイとユーリアが言わなかったことを言ったんだ」

「なにを言ったのかね、エアハルト」

「私も聞きたいです、兄上」

侯爵様とマックスさんがわくわくしたようにエアハルトさんを見る。するとエアハルトさんはニヤリと笑い。

「事実を言ったまでですよ、父上。王家の後ろ盾があり、前ヴァッテンバッハ公のお気に入りの薬師で、王家にも今回の件を話したと伝えたあとの顔は面白かった！」

「くくっ！　それは見たかった！」

「ふふっ！　兄上、私もです……！」

「だろう?」

「エアハルトさんってば……」

やっぱり後ろ盾のことと薬師であることを話したのか。しかも、マルクさんのことまで出して。

マルクさんって元王族だもんね……。そりゃあ顔色が悪くなるわけだ。

「彼らの領地のことも鑑(かんが)みて今後どうなるかわからんが、二度とこのようなことがないようにすると約束しよう」

「わかりました。お願いします」

「ああ。疲れただろうし、今日はもう遅いから泊まっていきなさい。フォルクス、すぐに客室の用意を」

「かしこまりました」

にこやかに返事をしたフォルクスさんは、礼をしたあと部屋を出ていった。

侯爵様からは明日朝一番で送ってくれるというので、恐縮しながらも頷く。親族との記念パーティーは事情を話し、明日にしたそうだ。かえって迷惑をかけてしまった……

しばらく侯爵様たちと雑談をしているとフォルクスさんが戻ってきて、部屋に案内してくれた。

案内された部屋は、初めて王都に来たときに泊まった部屋と同じだった。

「お風呂のご用意をさせていただきました。もし差し支えなければ、ゆっくり浸かってください」

「はい」

「朝は開店に間に合うよう、馬車もご用意いたしますから」

「いろいろとありがとうございます」

フォルクスさんが部屋から出ていったのを確認して、詰めていた息を吐く。

ずっと黙ったまま寄り添ってくれていた従魔たちと眷属たちがわらわらと寄ってきて、心配だと言わんばかりに擦り寄ってくる。

「ありがとう。もう大丈夫だから。みんな一緒にお風呂に入ろうよ」

〈そうだな〉

お風呂に行くと、部屋着というか夜着や下着が用意されていて、思わず苦笑してしまう。至れり尽くせりだ。夜着の色は白で、長袖のワンピース。夜は冷えるからこそのチョイスみたい。

服のまま寝るわけにもいかないから、ありがたく借りることにした。

小さくなった従魔たちや眷属たちと一緒にお風呂に入り、着替えてすぐ布団に潜る。

精神的にも肉体的にも疲れていたんだろう……あっという間に寝てしまったのだった。


ガウティーノ家でしっかり眠って起きた朝。

今日は自分でご飯の用意をしなくていいからありがたい。

だから誰かが起こしに来るまで、従魔や眷属たちとまったりごろごろするつもりでいたんだけど、結局は早く起きてしまった。

身支度を整え、みんなとまったりもふもふパラダイスをしていると、メイドさんが来た。そして私の仕度が整っているのを見て驚いた顔をしたあとすぐに笑みを浮かべ、食堂まで案内してくれた。

ガウティーノ家のみなさんと一緒にご飯を食べたんだけど……みなさんずいぶん早起きだね！　そして従魔や眷属たちのご飯もありがとうございます。

「我らも王宮に行かねばならぬからな」

「お仕事がありますしね。頑張ってください」

「ありがとう」

侯爵様が顔を綻ばせる。もちろん、いつの間にか帰ってきたらしい団長さんやマックスさんもね。

エアハルトさんは考え事をしているのか、眉間に皺を寄せながら黙々と食べているし、夫人はにこにこしながら食べている。

今日はガウティーノ家でお茶会があるそうで、夫人はあれこれとお菓子やお茶の指示を出していた。夜は記念パーティーのやり直しをするという。

侯爵様は領主会議があるとかで団長さんとマックスさんと一緒に、王宮に向かうんだって。

へぇ～、そんな会議があるんだね。聞いてもちんぷんかんぷんになりそう。

侯爵様は今では領地経営に勤しんでいるけれど、昔は騎士団にいたそうだ。

団長をしていたんだって！

そして、侯爵様が団長を譲った人がハインツさんだったそうだ。

んん？　微妙に見た目の年齢が合わないような……？

そんな疑問が顔に出ていたんだろう。

魔神族と獣人族では寿命が違うから、どうしても見た目が違ってしまうらしい。本来の年齢からすると、侯爵様のほうが年上なんだそうだ。

そんな話やマックスさんが財務関連の文官をしている話などを聞いたあと、アレクさんが御者をして操る馬車にのり、家に帰る。

某侯爵家の階段のところでも一度謝罪されたんだけど、アレクさんに再び謝罪された。

そもそもの原因は自分が私を一人にしたことにあるって。

馬は繊細で、知らない人がいると暴れると聞いていたからアレクさんと一緒に行かなかったんだけど、ガウティーノ家の敷地だしラズたちもいるしと油断していたのは、私も同じ。

だからお互いに謝罪しあって、それで終わり！　ということにした。じゃないと、いつまでもずっとお互いに謝っていそうだったから。

そんな事情はともかく。

拠点に着いたので馬車から降りる。裏から自宅に行くと、両親とリョウくんが玄関の前に立っていた。

「リン！　おはよう！　拐われたとメッセージをもらったときは驚いたが……大丈夫か？」

「おはようございます。はい、大丈夫です。心配をかけてしまって、すみません」

「心配するのは当然よ？　リンもわたしたちの子どもなんだから」

「……ありがとうございます」

二人の気遣いが嬉しくて、なんだか照れ臭い。

それに、リョウくんも心配そうな顔をして私を見ているし。

立ち話もなんだからと家の中に入ってもらい、特別に緑茶を出す。お茶を飲みながら昨日の出来事を話すと、親子仲良く溜息をついた。リョウくんも話の内容がわかるなんて凄いね！

そのあとはポーションの確認をして、パパッと作って棚に補充していく。

母も作るのを手伝ってくれたし、父もカウンターにおつりを出すのを手伝ってくれる。

ラズは五匹になって店内のお掃除をしてくれた。

心配そうな顔をしつつ、父は診療所があるからとリョウくんを連れて道の反対側へと向かった。そして従魔たちと眷属たちにもよほど心配をかけたのか、今日は全員が小さくなって店内にいる。

パッと見はペットショップというか、もふもふパラダイスな店のようだ。

従魔たちや眷族たちが他の人に触れられてもいいなら、そういった店をしても繁盛しそうだなあ……

なんて思いつつ、並んでくれている冒険者のために、少し早いけど店を開けた。今日はアレクさんとルルさんが手伝ってくれている。

そしてバタバタしながらも開店して二時間くらい経ったころ、ローマンさんと見知らぬイケメン騎士が一緒に来た。

「こんにちは、リン。ハインツ様の後釜として、今度この通りの担当になる人を連れてきた」

「こんにちは、ローマンさん。でしたら、こちらにどうぞ」

いつもならその場で紹介してくれるのに、珍しく店内にいる冒険者を気にしているのか、ちらちらと見ている。どうしたんだろうと思いながらも、母やアレクさん、ルルさんに奥へ行くことを話し、二人を案内する。

　暑いからと冷蔵庫もどきから冷えたアップルティーとクッキーを出すと、二人して顔を綻ばせた。外はよほど暑かったようで、二人はアイスアップルティーを一気に飲み干す。おかわりを注ぐと恐縮されてしまった。

　気にしなくていいですよ～。

「さっそくで悪いが、紹介するよ。彼はトビア・マルターニだ」

「トビアよ。トビーと呼んでちょうだいね。よろしくね～」

「薬師のリンと申します。よろしくお願いします」

　ん？　〝彼〟って紹介されたはずなのに、女性っぽい喋り方だったような……？　気のせい？

「それにしても……本当に美味しいわね、リンちゃんが淹れてくれた紅茶とお菓子って。噂通りだったわ～。しかも冷えた紅茶を飲んだのは初めてよ！」

「……はい？」

「確かに冷えた紅茶を飲んだのは初めてだけど……。トビー、〝それ〟は封印するんじゃなかったのか？」

「え？　……あら？　アタシ、やっちゃったかしら～？」

溜息をついたローマンさんと、やっちまった！　って顔をしたトビアさんこと、トビーさん。

……うん、思いっきり女性のような話し方でした！

一見黒髪だけど、光に当たると見事な赤毛のトビーさん。背中まである長い髪を高い位置でポニーテールにして、騎士服の上からでもわかるほどのムッキムキな筋肉を披露している。

とても素敵なんだけど、言葉遣いがオネェだった！　だけど、嫌いじゃないよ、私。

「斬新ではありますけど、個性があっていいと思いますよ、私」

「え……？」

「トビーさんの雰囲気に合っていて、いいんじゃないですか？」

ムッキムキな筋肉をしているけど、トビーさんの醸し出す雰囲気はとても柔らかい。

騎士の仕事をしているときはどうなのか知らないけど、言葉尻を伸ばしているせいか、ふんわりというかほんわかというか、そんな感じの雰囲気なんだよね、今は。

私はオネェに偏見はないし、個性があっていいと思う。

そんなことを伝えると、みるみるうちに目に涙を溜めるトビーさん。そんなトビーさんを見て、ローマンさんもびっくりした顔をしている。

ど、どうしたのかな⁉

「あ、アタシのこの言葉を聞いて、気持ち悪いって言われなかったから……っ」

「それはないですね」

「お、男が好きだって言っても引かないかしら？」

「おおう……。ま、まあ誰かに迷惑をかけなければいいんじゃないですか？　想うのは自由だと思いますし」

「……っ！」

私のまさかの肯定に、トビーさんだけじゃなくてローマンさんも驚いたのか、口をポカンと開けて固まっている。

いや、日本にいたときは普通にいたからね、ＢＬな人が。そういう小説や漫画もあったし、オネェ言葉で話す人がテレビに出てたのも大きいと思う。

つい最近もいたしね、エアハルトさんを愛していると宣（のたま）った美少年が。

私は腐ってはいなかったけど、会社でいたんだよ……腐女子や貴腐人が。話を聞いているぶんには面白かったからどんな話が好みなのか聞くと、「こんな漫画や小説があってね～」と教えてくれた。

話だけなら、ティーンズラブでもＢＬでも内容は変わらないと感じたし、相手が男か女かの違いだけだからね。そういえば、百合が好きだって言ってる人もいたなあ……って思い出した。

まあ、そんなことは言えないから、簡単に「偏見はない」と言ったのだ！　実際に偏見はないし。

そうしたら、トビーさんがまた涙を浮かべておいおいと泣き始めてしまって、ローマンさんと必死になって慰めたというか、背中や頭をずっと撫でたよ……

そして、泣いてスッキリしたらしいトビーさんは、「ごめんなさいね」と言いながらも輝く笑みを浮かべている。そのあと「ありがとう」と私をハグしたあとでアップルティーを飲み干し、少ししたら帰っていった。

「な、なんとも個性的な人だったなあ、トビーさん」

「ああ……トビア様ですか。独特な話し方をなさる方ですよね」

「そうですよね。って、あれ？　アレクさんも知っているんですか？」

「ええ。学院時代からエアハルト様はリンのように偏見を持つことなく、友達付き合いをなさってますから。その関係でよくガウティーノ家にいらっしゃいましたよ。今はお互いに忙しいようで、拠点にもいらしていませんけどね」

「へ～」

さすがエアハルトさんだ。

ん？　まさか、トビーさんの好きな人って、エアハルトさんじゃないだろうか。なんかそんな気がしてきたよ！

今度聞いてみようか、だけどそうなったらライバルになるかも……なんて下世話なことを考えつつ、店と二階を行ったり来たりして午前の仕事を終わらせた。


ごたごたに巻き込まれて帰ってきた翌日のお昼、グレイさんを通じて、王妃様から手紙をいただいた。たぶん食材の件だよね……と思って中を確かめると、やっぱり指定の食材を使ったレシピのことだった。

今回はにんじんを使った料理。

「にんじんかあ……」

「母上も無理なことを仰るなあ。今までのレシピだけで我慢しておけばいいのに」

「まあ、約束は約束ですし、なにか考えてみますね。母に聞いてもいいかも」

「本当にすまない、リン。僕たちだけではなく、貴族の一部が迷惑をかけて……」

「王妃様はともかく、これ以上の迷惑は勘弁してほしいとは思いますけどね」

困ったというか、とても申し訳ない顔をしたグレイさんが小さく溜息をつく。小さな声でブツブツと母上がとかなんとか言っているから、きっと文句を言っているんだろう。

確かに頻繁にレシピを聞かれたら困るけど、たまにならば問題ない。

私がレシピを教えることで、人々の暮らしが豊かになるなら、それはそれで嬉しいことだから。

「レシピができたらタグの連絡機能で教えてくれるかい？　取りに来るから」

「わかりました」

疲れたような顔と足取りで拠点に帰っていくグレイさんに、王族も楽じゃないんだろうなあと思うことしかできなかった。

そして手紙をもう一度見て、にんじんのレシピかあ……と遠い目になる。

私だと、きんぴらとグラッセ、鍋など料理に使うレシピしか思い浮かばないんだよね。

なので母に相談してみようと思い二階で食事の準備をしているところに突撃し、準備を手伝いながら聞いてみた。

「そうねえ……。料理はいろいろ出ているだろうから、飾り切りやお菓子がいいかしらね」

「飾り切りってお花とかもみじとか、そういう形のものですよね」

「そうよ。残った皮をきんぴらやしりしりにしてもいいし」

「なるほど～。お菓子は？」

「キャロットケーキがいいかしら」

にんじんならゴーボと合わせてきんぴらにしてもいいし、たらこに似たものがあるなら一緒に炒めても美味しいという母。他にも副菜的なものをいくつか教わったし、スマホで検索もしてみた。スマホの件に関してはきちんと話してあるので、両親や従魔たちの前で出しても問題ない。どのみち両親たちには見えないけどね。

その中にあったよ、飾り切りや副菜的な料理のレシピとキャロットケーキのレシピが。他にもマフィンやタルトもあったので、これなら王妃様も気に入ってくれるかなあと両親と話す。

「絶対に『王宮に来て！』って言われると思うんですよね、王妃様のことだから」

「あり得そうだな。この国では出回っていないレシピだろうし」

「ですよね～」

スマホ情報によると、にんじんを使ったレシピは東大陸と北大陸のものがあった。お菓子や一部のレシピは北大陸のものなので、召喚された渡り人が伝えたんだろうと推測できる。

東大陸のものとレシピがかぶっているのもあるから、同じように渡り人が伝えたんだろう。

そして午後の仕事を終えて夜になり、両親が帰ったあとでグレイさんに連絡した。

レシピがわかったことと、王妃様にお伝えする前に一度練習してからレシピを書くと伝えたら、それで大丈夫だと返事がきた。

レシピの練習は店が終わったあとですることにしたけど、問題はマフィンに使う紙だ。王侯貴族だと気にならない値段だろうけど、平民が買うには紙は高い。父に相談したら三角に切るスコーンにアレンジしてはどうかと言われたので試してみよう。


翌日。

今日はキャロットケーキと三角スコーン、ゴーボやレーコンを使ったきんぴらと、じゃがいもと一緒にバター醤油炒めにしたものやしりしりを作る。

他にもオーク肉を薄切りにして肉巻きを作ってみたり、飾り切りの練習をして煮物を作ったり。

その結果、おかずがいっぱいになってしまった。

ま、まあ従魔たちも眷属たちもいるし、残ったら明日の朝のぶんだけ残して【無限収納（インベントリ）】にしまってもいいかなあと思っていたんだけど……

眷属たちが気に入ったらしくバクバク食べていてほとんど残らなかったとだけ言って

おく。

　さらに翌日はタルトの練習をしてからレシピを書いた。そしてグレイさんに連絡し、一週間が経ったある日のお昼休憩。

「リン……先に謝罪しておくよ。ごめん」

　店にやってきてすぐに謝罪してきたグレイさん。

「なにがですか？」

「王宮に来てほしいと、母上が招待状を寄越してきた。あと、拐（さら）われたことについて、侯爵家の処遇報告をしたいと、父上と叔父上が……」

「王妃様はそうなるんじゃないかなあと思ってましたけど、王様と宰相様は想定外です……。というか、私が聞いてもいい話なんですか？」

「当事者だから問題ないんだ、普通はね。ただ、リンは平民でしょう？　だから文書で伝えればいいって言ったんだけど、どうしても直接謝罪したいって。後ろ盾なのに、まったくそれができていないからと」

「あ～……」

　グレイさんいわく、騎士団や王宮に教えたレシピやグレイさんの腕のことで恩恵にあずかってばかりいるのに、私がよく貴族のごたごたに巻き込まれているから、なんのために後ろ盾になっているのかと落ち込んでいるという。

もちろん、王太子様も含めてこれからは徹底的に貴族を監視するし、徹底させると議会で話しているんだとか。

議会⁉　ってギョッとなってしまった。

でも、王族というか王家の体面もあるんだろうし、他の貴族に示しがつかないって思っているのかもしれない。

仕方がないかぁと諦めの溜息をつき、来週の店休日でいいなら伺うと話すと、グレイさんもそれで大丈夫だと太鼓判を押してくれた。

今度の休みは従魔たちや眷属たち全員を引き連れて、上級西ダンジョンで魚介類を狩る約束をしているのだ。凄く楽しみにしている従魔たちや眷族たちのこともあり、外すわけにはいかないんだよね。

なのでその次の休みにしてもらったというわけ。

そしてみんなと楽しく魚介類狩りをし、お店もしっかり営業したあとの休日。

拠点へ行くと、王宮から迎えの馬車が来てました！

グレイさんとユーリアさんと一緒に馬車にのって王宮まで行くと、すぐに案内された。通された部屋は以前王宮に来たときに連れてこられた部屋だ。窓はしっかり直っていたよ～。

そして部屋には両陛下と宰相様がいた。すすめられるまま座るとすぐに三人と、一緒に来たグレイさんとユーリアさんから謝罪された。

二度とこのようなことを起こさせないと。

私自身も気をつけるようにすると言えば、王妃様に「わたくしたちが悪いのに……本当にいい子ねぇ」と頭を撫でられた。

だから、そんな歳じゃなーい！

なんて言えるはずもないので、黙っていた。

それから禿げ散らかっていた人がいた侯爵家の人たちだけど、あのまま残っていた団長さんや、グレイさんとユーリアさんたちが家の捜索をした結果……

違法奴隷が見つかったり、横領の証拠が見つかったりといろいろとやらかしていたそうで、爵位が侯爵から男爵にまで落とされたそうだ。

当主とその妻、子どもたちの中でも一番問題児だった長男が極刑になり、他の息子や娘たちは平民に落とされたり鉱山で働いたり修道院送りとなったらしい。

おおう、どれだけやらかしていたんだろう？

今まであれこれ聞いたけど、一番刑が重いと感じる。王様たちはなにも言わなかったけど、小説とかだと極刑は斬首とか毒を呷るとか、そういうことでしょ？

この世界は日本とは違うんだと改めて感じた。

「さあ、そんな重い話はここでおしまいにしましょう。リン、にんじんのレシピができたとローレンスから聞いたのだけれど」

「はい。レシピはこちらになります。一応試作もしてきましたけど、た……」

「食べるわ！」

「わ、わかりました。今ご用意させていただきますね」

おおう、王妃様はよっぽど楽しみにしていたのか、話している途中だったのに食い気味に返事をされた。なので、これはさっさと味見してもらおうとマジックバッグから料理を出す。

きんぴらが二種類にしりしりと肉巻き、バター醤油炒め。それらを出すと、その場にいた全員が目を丸くして凝視した。

「まあ、こんなに？」

「副菜といいます。ちょっとしたおかずの一品という位置づけになります」

「なるほど、メインではないのだな」

「はい。添え物や箸休めといった感じでしょうか」

王様が執事服を着た人――侍従さんを呼び、いろいろと準備をさせている。もちろん魔法をかけ、尚且つ毒見をしてから両陛下や宰相様に出している。

「これはゴハンに合いそうだ」

「そうですね、合うと思います」

みなさま上品に、だけどかなり速いペースで食べている。といっても味見程度の量しか持ってきていないので、おかわりはなし。

「とても美味しかったわ、リン。ありがとう」

「いいえ。あと、お菓子もあるんですけど、その味見は必要ないですか？」

「まあ、お菓子も？　是非味見したいわ！」

「あはは……。わかりました」

女性なら食いつくよね～と思いながらキャロットケーキとタルト、三角スコーンを出すと、王妃様とユーリアさんの目が輝く。

「「まあまあまあ！」」

「こちらがキャロットケーキでこちらがタルト、そしてスコーンです」

「スコーン？　こんな形のもあるのですね」

「これは生地を伸ばして、そのままザクザクと切っただけなんです。他のスコーンでもできますよ」

「そうなのね」

お菓子の切り分けや紅茶などは侍従さんにお願いし、私はドキドキしながら五人の反応を見守る。

頬を染めて幸せそうに頬張る王妃様とユーリアさん、同じく顔を綻ばせて食べている王様と宰相様とグレイさん。

その場にいた侍従さんにも味見を促していることから、気に入ってくれたんだろう。

あ～、よかった！

その後。

案の定王宮料理人に指導してほしいと言われたので、今日だけならばと念押ししてから頷いた。王宮料理人もまさか私が調理場に来るとは思ってなかったみたいでとても驚いていたけど、王妃様に頼まれた新作レシピだと説明すると、みなさん目を輝かせている。

夕方になるまでに一通り教えながら一緒に作った。それが夕飯になったのはご愛橋といったところかな。

帰りもグレイさんとユーリアさんが馬車で拠点まで送ってくれた。

帰りの馬車で御者をしていたのは、なんと副団長になったビルさんでした！

「ありがとうございます、ビルさん」

「どういたしまして。新しいレシピ、楽しみにしているよ」

久しぶりに会ったこともあり、しばらく雑談をする。満面の笑みを浮かべたビルさんは、馬車を操って帰っていった。

「リン、今日は母上の我儘を叶えてくれて、ありがとう」

「にんじんのお菓子、とても美味しかったですわ」

「気に入ったならよかったです。試作でよかったら、持って帰りますか？」

「「是非！」」

二人揃って返事をするから、つい仲良し夫婦だなあと生温い視線を向けてしまった。

その後、試作のキャロットケーキやスコーンを籠ごと渡し、おやすみなさいと二人に告げ、家に戻る。

精神的にも肉体的にも、とても疲れた一日でした。

今日は店が休みの日なんだけど、拠点が騒がしい。

「違う、それは二台目の荷馬車で、そっちはユーリアのものだよ」

「それはわたくしが持っていきますわ。そちらは一台目の荷馬車に」

従魔たちや眷属たちと顔を見合わせ、裏から覗いてみる。

すると、いつもはがらんとしている厩舎（きゅうしゃ）の近くには、幌馬車が四台もあった。

おおう、何事!?

だけど、ひとつだけ思い当たるものがある。

それはグレイさんとユーリアさんの引っ越しだ。

結婚したあと公爵を賜って臣下になったグレイさんは、ユーリアさんと共に領地経営をすると言っていた。だから、その領地に行くんだろう。

知り合って一年しか経っていないし立場はまったく違うけど、兄や姉のように感じているから、なんだか寂しい。

バタバタしてるし特に用事もないし手伝えることもないしで、あとでまた来ればいいかと踵（きびす）を返そうとしたら名前を呼ばれた。

そっちを見ると、グレイさんが歩いてくるところだった。

「おはよう、リン、騒がしかったかい？」

「おはようございます、グレイさん。大丈夫です。なにかあったのかなあって思って見てました」

「そうなのか。ん～……リン、悪いんだけどなにか冷たいお菓子はあるかな？　疲れてしまってね」

「ありますよ。二時間後に持っていくということでどうですか？　ちょうどおやつの時間になりそうですし」

「そうだね。それでお願いできるかい？」

「いいですよ～」

若干疲れた顔をしていたグレイさんを見て、快く返事をする。

冷たくて甘い差し入れはなにがいいかなあと考えながら、冷蔵庫もどきや【無限収納（インベントリ）】の中身を思い出す。

アイスやシャーベットが一番いいんだろうけど、そんなことをしようものならまた「レシピ！」って言われそうだから、結局はプリンにした。スライムゼリーを使ったお手軽なものじゃなく、蒸して作るやつ。

それをプリン・ア・ラ・モードにしよう。あとは定番のミルクプリンかな？

さっそくそれらを作って【生活魔法】で手早く冷やし、プリンを飾りつける。ミルクプリンは柔らかめに作ったから器に入れたままにし、冷蔵庫もどきに入れてさらに冷やしておく。

もちろん拠点にいるメンバーにも作ったし、お手伝いに来ている人にも分けようと思う。

あとは冷えているミルクティーとミントティーを持っていけばいいかも。

温かいほうがいいならアレクさんと一緒に淹れてもいいしね。

約束までの余った時間は、従魔や眷属たちとまったりする。

そして時間になったので拠点に向かった。

「お疲れ様です、グレイさん。持ってきましたよ〜。休憩にしませんか？」

「ああ、ありがとう。みんな、休憩にしよう」

食堂のテーブルに持ってきたお菓子を出しながら説明し、それぞれ配る。今日は暑いから、程よく冷えたミルクティーとミントティーが好評だった。

作り方を聞かれたから冷蔵庫もどきで冷やしただけだといえば、驚かれてしまった。

え？　驚くようなこと？　果実水も冷たいのがあるよね？

「ああ、なるほど。果実水と同じように冷やせばいいのか」

「はい。急ぎのときはお茶を濃いめに淹れてから【生活魔法】で作る氷を入れて、それからミルクを注ぐといいですよ。氷を入れると溶けて薄まって、ちょうどよくなりますから」

「なるほど。エドモン、ジョアンナ。覚えたかい？」

「「はい、ローレンス様」」

「領地に行ったら頼むね」

「「かしこまりました」」

名前を呼ばれた人が席を立ち、グレイさんの話に耳を傾けている。そして興味津々な様子で私を見ていた。もちろん、他の人たちも。

うう、緊張するから見ないでほしいよ……

「そういえばリンに会うのは初めてだったね。紹介するよ。彼女が僕とユーリアの怪我を治してくれた、薬師のリンだ。僕たちの冒険者仲間でもある」

「えっ？」

「こ、こんな小さい子が……？」

「ええーっ⁉」

おうふ、みなさん驚きすぎでしょ！

というか、誰？　今、「こんな小さい子が」って言ったの！

「リンは孤児だったんだ。しかも、孤児院にいたけれどそこが劣悪な環境だったそうだ。

彼女を拾ったのがリンの師匠だそうだよ」

その言葉に、全員が息を呑んで黙り込む。劣悪な環境だったわけではないけど、そういう設定になっているんだから、仕方ないよね。

「気にしないでください。師匠は残念なところがある人でしたけど、私に薬師の仕事を一通り教えてくれました。そのおかげで病気ひとつしなかったんです。今もグレイさん――ローレンス様やユーリア様、エアハルト様やアレク様と出会って、とても楽しく過ごしていますしね。ローレンス様やユーリア様のことをお兄様、お姉様と呼ばせていただいたこともありますし、とてもありがたいなと思っているんです」

「……」

私が兄、姉と言ったことで、二人して感動したような顔をしている。ずっと妹が欲しいと言っていた二人だもの、これくらいのリップサービスはする。

まあ、実際に本心からそう思ってるからね。

彼らは私の話を黙って聞いてくれている。

「本当にお兄さんとお姉さんができたみたいで、嬉しかったんです。本来ならば、平民の私がお目にかかることはない方々です。だけど、みなさん本当によくしてくださって……」

「「リン……」」

「怪我したら教えてくださいね。ポーションを送りますから。……お兄様、お姉様」

そう伝えるとグレイさんとユーリアさんは破顔し、両脇から私をギュッと抱きしめた。

それから、和気藹々と話をしながらプリンを食べてミルクティーやミントティーを飲み干したみなさんは、再び引っ越しの準備を始めた。

私も帰ろうとしたら、グレイさんに呼び止められる。

本当はもっと一緒に過ごしたかったから、ちょっとだけ嬉しい。

「リン、僕の領地のことを話していなかったよね」

「そうですね。近かったら遊びに行きたいなあと思っていますけど……ダメですか？」

「もちろん歓迎するよ、僕たちの妹としてね。そして僕が治めることになった領地は、フルドがあるところなんだ」

それを聞いて驚く。ずいぶん近いところにある領地だ。

フルド以外にも温泉街になっている町が点在している場所で、かなり広いんだって。

百年前までは代々の領主一族が治めていたんだけど所謂お家騒動で相次いで亡くなり、最後の人は風邪をひいてしまったそうだ。

薬を飲ませようにも、「毒だろう！」と疑心暗鬼になって飲まなかったみたいでそのせいで亡くなってしまい、断絶したんだとか。

……ドッカデ聞イタ話ダナー。

そんなこともあってずっと領主がいなかったんだけど、新たに任命するにも場所が重要すぎて、ずっと国から代官や官僚を出して経営していたんだとか。

このたびグレイさんが臣下に下ったことで、領地経営をすることになったわけです。

さっきの人たちは、みんなグレイさんやユーリアさんをサポートする官僚だったり使用人になる人なんだって。

今のままだと人数が足りないから、領地に行ったら募集するそうだ。

ちなみに、グレイさんの正式な名前は、ローレンス・グレイル・グートシュタイン公爵となる。

領地の名前はヘーティブロン。この世界の言葉で、温泉を意味するそうだ。

「領地経営なんて凄いです！　だけど、冒険者は……？」

「落ち着くまでは無理だろうね。だけど僕の領地にもいくつかダンジョンがあるから、そこをたまに視察させてもらえるよう、お願いするつもり。そうじゃないと腕がなまるからね」

「ローレンス様、できるだけ控えていただきたいのですが……」

「だから落ち着いたら、って言っただろう？」

ずっと側に控えていた執事服の人に窘められて、グレイさんは苦笑している。どの等級のダンジョンがあるのか知らないけど、一度は行ってみたいな。

そのとき、また一緒に潜れるといいなあって思う。

「今年の冬は招待するから、エアハルトたちと一緒に領地においで。そこから温泉に行こう。フルドでもいいし」

「いいんですか？　忙しいでしょうし、私は平民ですし……」

「関係ないんだよ、リン」

「そうですわ、リン。身分は関係ありませんのよ？」

「リンは僕とユーリアの大怪我を治してくれた恩人なんだ。身分なんか関係なく感謝するのは当たり前だろう？　それに、リンは妹のような存在だから招待するのは当然だろう」

「グレイさん、ユーリアさん……」

「それにね、僕たちはリンと離れて暮らすことになるけれど、後ろ盾であることには変わりがないんだよ。この前の議会でも、両親や宰相、貴族たちにハッキリと言ってきたんだ」

グレイさんは、今までは政治に参加していなかったけどこれからは領主として参加するようになる。

グレイさんが参加した会議で、私が作るポーションに関して、私とまったく接点のない貴族たちが「独占したいだけだろう」とか、「王宮に招いて囲い、貴族のためだけにポーションを作らせればいい」と、自分勝手なことを言い出したそうだ。

それに対して激怒したのが後ろ盾になっているグレイさんと王様、ガウティーノ侯爵様とユルゲンス侯爵様、そして宰相様だった。

そんなに効能の高いポーションが欲しいのならば、自分の領地に住んでいる薬師の腕を上げさせるか、自身が冒険者になって私の店に買いに行けばいい、とまで言ったらしい……王様が。

滅多に激怒しない人たちがそこまで言ったことにビビり、青ざめる人が続出したとか。

そして王様は煽るように「彼女はもともと孤児で、生きるために努力したのだ。他の者は努力が足りないからではないのか」とまで言ったそうだ。

……これ、神様のせいで不器用になっているので努力しても無駄です――なんて言おうものなら、すっごい睨まれそうだよ。言わないけど。

魔神族はともかく、他の種族の人たちも過去には神酒（ソーマ）やハイパー系を作った人がいるんだから、できると思う。そのためには毎日魔力がなくなるまで作ってを繰り返し、魔力量と職業ランクを上げる努力は必要だ。

ただ、その方法を知っている人がいなかったり、知っていても教えなかったり、情報自体が失われていた場合はどうしようもない。そういうところはアントス様がしっかり管理してほしいけど、無理なんだろう。

情報などを補う薬師の神様っていないのかなあ。アントス様が主神とは聞いているけど、他の神様の話って聞いたことがないし、会ったこともない。

それはともかく。

「だから、安心して僕の領地に遊びに来てほしい、リン」

「はい。そのときは是非！」

フルドの町にある温泉は従魔たちも気に入ったみたいだし、眷属たちの故郷だし、私もまた行ってみたい。

その後、三人で食事とお出かけをする約束をして、一旦家に帰る。

それから従魔たちや眷属たちと遊んだり庭の手入れをしたり、ポーションを作ったりしているとあっという間に夕方になった。グレイさんとユーリアさんが家まで来てくれる。

「じゃあ、出かけようか」

「はい！　どこに行くんですか？」

「西地区をあちこち回りたいんだ」

「わたくしも買いたいものがありますの」

「なら、歩き回りながら、買い物ですね！」

にっこりと笑ったグレイさんとユーリアさんに、ちょっとだけ寂しくなる。

二人と一緒に過ごせるのはほんの僅かな時間しかない。

だけど、二度と会えなくなるわけじゃないんだから、悲しい顔よりも楽しい顔でいたい。

落ち込んでなんかいられない。

よし！　と気合いを入れて歩き出そうとしたら、右手はグレイさんに、左手はユーリアさんに繋がれた。

「たまにはいいだろう？」

「妹と手を繋いでもいいですわよね」

「……っ！　はいっ！」

なんだか嬉しいな！

二人とも剣を持つ手だからごつごつしている。だけど、とても温かい、優しさが伝わる手だ。

えへへと笑って仲良く歩き出す。

屋台や露店を見て、あれがいいこれが素敵だと話す。

南大陸から来たという行商人から、ストールやマフラーを留めるのによさそうなピンブローチを、ユーリアさんと色違いのお揃いで買った。

私は緑系統で、ユーリアさんは赤系統。

貴族であるユーリアさんが持つには庶民的なデザインだけど、アイデクセ国にはない極楽鳥花にとてもよく似た花だったのだ。

ユーリアさんが一発で気に入って、私のも選んでくれたものだから、大切にしよう。

今度は西大陸から来たという行商人が売っていた組み紐に惹かれ、立ち止まったグレイさん。

「あ、これはユーリアに似合いそうだね。こっちはリンかな」

「素敵ですわ！　グレイ様、こちらもお揃いにいたしましょう」

「そうだね。これとこれ、これを」

「毎度ありがとうございます」

おお、あっという間に決めたよ、グレイさん！

ユーリアさんのものは水色で、グレイさんは紺。私はその中間の青と、三人でお揃いになっている。他にも気に入ったものがあったのかグレイさんは赤やピンク、オレンジや黄色も買っている。

「ありがとうございます。これも大切に使いますね」

「ああ」

いつも以上に機嫌がいい様子のグレイさんとユーリアさんに、私も嬉しくなる。

その後もあちこち露店を見て拠点に帰る。

ちょうどいい時間だったらしく晩ご飯が用意されていた。ハンスさんが頑張ったのか、料理が豪華だった。

そのままお別れ会のような雰囲気の宴会になって、しばらくは会えないからとずっとグレイさんとユーリアさんにくっつき、領地のことや今まで過ごしてきた思い出を語った。

うぅ……離れ難い……

「リン、休みになったらいつでもおいで」

「ええ。待っていますわ」

「はい」

寂しいのはきっとグレイさんもユーリアさんも同じだと思う。なんとか笑みを浮かべ、頷いた。

その翌日、リーダーであるエアハルトさんと一緒に冒険者ギルドに行って『フライハイト』から名前を抜いてもらったグレイさんとユーリアさん。

彼らは冒険者である前に貴族で、領主になるのだ。エアハルトさんたちと一緒に行動できないことを理由に、『フライハイト』を抜けた。

三日後の早朝。

「また会おうね、リン。そして一緒にダンジョンに潜ろう」

「はい」

一台の馬車と四台の荷馬車が西門から出ていく。

周囲には護衛の騎士と、護衛として雇われたのか『猛き狼』と『蒼き槍』のメンバーの他に、二組の冒険者パーティーがいる。

そんな彼らを、エアハルトさんやアレクさんたち、拠点に住んでいたみなさんと一緒に、姿が見えなくなるまで見送ったのだった。

第四章　繋がる気持ち

グレイさんとユーリアさんを見送った朝。

なんだか複雑な気持ちだけど私は店があるので帰宅する。今日はエアハルトさんやアレクさんも予定がないそうで、店を手伝うと言ってくれたので一緒に帰った。

エアハルトさんが手伝ってくれるなんて、開店したとき以来かもしれない。

報酬は昼食と夕食でいいというのでなにを作ろうかずっと考えている。

それにエアハルトさんが近くにいると思うとドキドキする。

というかドキドキしっぱなしなうえ、ちらちらと見ては、にへら～ってしてたら、母に呆れた顔をされた。

いいじゃない、滅多にお店を一緒にやることはないんだから！

なんて言い訳をしつつ、ポーション作りを頑張った。

ちなみに、アレクさんがレジ、エアハルトさんは袋詰め、母が買取のところにいる。

今日の護衛はユキとロック、ベルデとアビー、ペイル。各々が好きなところにいて冒険者と話しながら、護衛と監視をしていた。

そして報酬であるご飯だけど、暑くてみなさん食欲がないとのことだったので昼は冷製パスタ、夜はこの世界の夏野菜などを使ったキーマカレーにした。

パスタはトマトとチーズ、薬草でもあるルッコラとパセリを散らしたシンプルなもの。

そしてキーマカレーに使った野菜はナスやトマトとペコロス、ズッキーニやオクラ、芽キャベツ。少しだけ残っていたジェネラルオークの肉をひき肉にしたものも入れた。

パスタを作ったあとでカレーの仕込みをしたんだけど、店内に漂っていたその匂いがヤバイとエアハルトさんやアレクさんだけではなく、冒険者にまで言われてしまった。

カレーってスパイスを使っているからお腹がすく匂いだし、かなり強烈だもんね。まあ、食欲がないと言っていたわりにはおかわりをしてくれたからよかった。


そして二日後。

メンバーが少なくなってしまった『フライハイト』だけど、新たにアレクさんの恋人というか、婚約者が加入することになった。なんと、それはエアハルトさんの従妹のナディヤさん。

アレクさんに婚約者がいたことにも驚きだけど、ナディヤさんがそうだなんてもっと驚いた！

店が休みである今日は、拠点でナディヤさんことナディさん加入のお祝いと、以前から話のあったもふもふ談話をすることになっている。

エアハルトさんやアレクさんも従魔をゲットしたらしく、今回は四人で話をすることに。

いつの間に従魔をゲットしたんだろう？

料理はハンスさんが新作を披露したいとのことなので楽しみにしているのだ。

そしてみんなの従魔だけど、エアハルトさんは鳥と猫と蜘蛛、アレクさんが鳥と狼と蜘蛛、ナディさんが鳥と狼と猫の従魔を連れていた。

蜘蛛たちはスミレによく似ているんだけど……

ナンデカナー？

それはあとで聞けばいいかと思い、まずはみんなで従魔たちの紹介です。

従魔同士はお互いのランクがわかってしまうので、ナディさんにも話をしたところ内緒にしてくれると約束してくれた。

「話したらアレク様に嫌われてしまいますもの」

「そんなことで嫌うようなアレクさんじゃないですよね？」

「リンはそう仰ってくださるのね。もちろんそのようなことで嫌うアレク様ではありませんけれど、わたくしは冒険者であると同時に貴族の端くれですの。約束は守りますわ」

にっこりと微笑んでアップルティーを飲むナディさん。

なんか惚気られたような気がしなくもないけど、珍しいことにアレクさんが照れている顔が見られたからよしとしよう。

「じゃあ、俺からだな」

まずは『フライハイト』のリーダーであるエアハルトさんから。鳥は鳳凰の鳳というオスの雛。猫はサーベルタイガーのメスで子ども。

次はアレクさん。鳥は鳳凰の凰というメスの雛。狼はブラックハウンドの子ども。

ナディさんはスパルナという、金色の羽と虹色の美しい飾りを頭につけている鳥。狼は以前聞いた通りグレイハウンドで、猫はアウルムリオンという金獅子の子どもだった。

というか、どうして鳳凰やスパルナがいるの？

アントス様情報によると、鳳凰は神獣、スパルナはSSランクの魔物だったはずだ。

そのあたりはあとで聞くとして、問題の蜘蛛は……

「実はスミレの子なんだよ、俺とアレクの従魔は」

「スミレから、『どうしても僕たちの従魔になりたいと言っているから』と相談されまして」

「え……」

もしかして、スミレのうしろにのっていた二匹なんだろうか。

それとも、普段から拠点で活動している子たちの誰かとか？

「スミレ、どういうこと？」

〈子ドモタチガ、二人ノ従魔トナリタイッテ言ッテキタ〉

「それはいつ？」

〈子ドモタチヲ紹介シタトキ〉

「やっぱり……」

そうか、あのときの子だったのか。

スミレいわく、エアハルトさんとアレクさんの従魔となった二匹はいつも拠点にある植物の害虫駆除をしていたそうだ。そしてエアハルトさんとアレクさんはそんな二匹を怖がるでもなく、「ありがとう」と声をかけていたんだとか。

二匹はエアハルトさんとアレクさんの役に立ちたいと思い、どうすればスミレのように従魔になれるのか相談していたらしい。

そしてスミレは、私に紹介したあと二匹を連れてエアハルトさんとアレクさんのところに行き、事情を話したという。

もちろん、二人とも迷うことなく、快くOKしたそうだ。

「こんなに小さな子蜘蛛を従魔にすることを戸惑ったのは事実だ。だが、種族を見て納得した。そして嬉しかった……俺を選んでくれたことが」

「そうでございますね。僕もいつもお世話になっていましたから、従魔になっていただいて嬉しかったのです」

「そうですか……」

スミレの子どもの種族はスモール・タラテクト。母蜘蛛が進化したことで、彼らも進化したのではないかというのは、エアハルトさんとアレクさんの推測だ。

そこはアントス様に聞いてみないとわからないけど、たぶん間違ってないと思う。

スパルナは、従魔屋の店で選んだ卵から生まれた雛なんだそうだ。鳳凰（ほうおう）に関してはあとで話すというので、今は聞かなかった。ナディさんがいたから、話せない内容なんだろう。

そこからは自分たちの従魔自慢大会でした！

それぞれの従魔たちも私の従魔と同じで、自分の主人として認めた者以外、一切触らせようとはしなかった。その代わりといってはなんだけど従魔同士なら大丈夫なようで、お互いにくんかくんかしたり毛繕いをしてあげたり、先輩であるロキたちに戦い方を教わったりと交流している。

たぶん、上下関係があるんだろうなあと思う。ロキいわく、神獣の中にもランクがあるそうだし。

従魔たちを見てほっこりしたり昼食を挟みつつ……

私たちも従魔の毛並みのことや寝るときのこと。ダンジョンでの役割や連携訓練について、みんなでダンジョンに潜ろうという話をして、二時ごろ解散した。

ナディさんのメイドさんが、「夜会に遅れます」と迎えに来てしまったのだ。

「すっかり忘れておりましたわ……」

「玄関まで送りましょう、ナディ嬢」

「ありがとうございます、アレク様」

リア充爆発しろ！　な雰囲気を醸し出しながら、楽しそうに二人でサロンから出ていくナディさんとアレクさん。それをエアハルトさんと二人して生温(なまぬる)い視線で見送った。

そしてアレクさんが戻ってきてから鳳凰(ほうおう)の話をされた。

「ある日、夢で神様たちに呼ばれたような気がしたんだ」

「僕もです」

「アレクと一緒にという話だったから尋ねたら、同じような夢を見ていたんだ。だから、半信半疑になりつつも二人して教会に行って祈ると、いきなり浮遊感がして景色の綺麗な場所に移動していた」

「そこにアントス様と黒髪の女神がおられたのです。女神はアマテラス様と仰っていました」

あ～、アントス様とアマテラス様が呼んだのか。それなら納得するよ。

呼ばれた先には教会にあるアントス様の石像と同じ顔の人がいて、思わず跪いたとエアハルトさんが苦笑いしていた。アントス様はにこやかに席をすすめ、二人は一緒にお茶をしながら鳳凰を賜ったらしい。

事情のある私とこれからも一緒に行動したいなら、受け取りなさいと。

二人を護ってくれるから。

鳳凰は番だから、引き離さないようにと。

「……」

「他にもリンの世界のことを詳しく聞いた。それはアマテラス様が話してくださったんだ」

「そしてアマテラス様の提案で、心苦しいと思いつつもリンのことを思うと怒りが湧きましたので、アントス様を殴ってまいりました」

「あ〜……」

殴ってきたという言葉に、危うく飲んでいたお茶を噴き出しそうになった。

アマテラス様〜、なにをしていらっしゃるんですか！

帰ろうとしたら、筋骨隆々（きんこつりゅうりゅう）な男神――スサノオ様が来て、休憩を挟みながら十時間ほどあの場所で戦闘訓練をしていたらしい。

もちろん、武器の扱い方も教わったという。

「リンの世界の神々はたくさんいらっしゃるんだな」

「そうですね。八百万（やおよろず）――たくさんの神様がいらっしゃると、神話で語られています。創世神話から語ると長くなるので省きますけど、アマテラス様が長女で太陽神、スサノオ様がアマテラス様の二番目の弟です。私がいた国を守護している神様たちでもあります」

「私がいた国、って……。世界規模で考えるともっといるってことか？」

「はい。国や地域、部族によって違う神話がありますから、それだけ多くの神様がいらっしゃいますよ」

私の話に、どれだけいるんだと顔を引きつらせて呟いたエアハルトさんとアレクさん。

国ごとに神話があるし、神様もたくさんいらっしゃるからね～。

ぶっちゃけた話、興味のある神話の神様しか覚えてないんだよね。私が知っているのは、有名なギリシャ神話くらいです。

そしてうろ覚えながらも天の岩戸の話やヤマタノオロチ退治の話をすると、二人ともキラキラとした目で聞いていた。

もちろん、ロキとレンが結界を張ってから話したよ～。

「この世界にも、神話と呼べるものはあるんですか？」

「あるぞ。今度その本を買ってくる」

「わ～、ありがとうございます！」

やっぱり神話があったよ！　って、神話に連なる武器の名前があるんだから、当たり前か。

どんな話なのかな？　今から読むのが楽しみ！

夕飯はハンスさんの新作をご馳走になった。

じゃがいものビシソワーズと白身の魚を使ったカルパッチョ、新作ではないけどパエリアが食卓に並ぶ。あとはサラダと果実水やワインが出され、どれも美味しくてたくさん食べた。

私はお酒を飲めないので、果実水を飲んだよ！

そのまま食堂でまったりしていると、従魔たちと眷属たちが〈エアハルトやアレクの従魔たちともっと仲良くなりたい〉と言ったので、今日は私も泊まらせてもらうことに。

ポーションは明日の朝作ればいいし、あっという間にできるんだから問題ない。

「遅くまで起きていてもいいが、あまり騒ぐなよ？　近所迷惑になるからな」

そんなエアハルトさんの言葉に従魔たち全員が元気に返事をすると、与えられた一室に集まって話を始めた。

私は明日も早いからと先に一人で休ませてもらい、さっさとお風呂に入って眠ってしまった。

起きたときにはしっかり従魔や眷属たちが私の周囲に散らばって寝ていたけどね！


朝ご飯を食べたあと、自宅に帰る。

ポーションを作っている途中に母が来たので一緒に作業した。母は騎士団に納品するぶんを作っているのだ。

『アーミーズ』の拠点にはポーション用の作業部屋がない。今、拠点に増設する形でミナさんとカヨさんが建て増ししているところだそうだ。それまで我が家の作業部屋を貸してほしいとお願いされた。

「いいですよ。あ、パパの診療所はどうなんですか？　やっぱり薬草の種類が違うから、一緒には作れないってことですか？」

「そうなの。風邪薬や解熱剤、胃薬はポーションと同じ薬草も使うのだけれど、他は微妙に違うのよね。万能薬や神酒（ソーマ）の材料のように、薬を作るのにも毒持ちの薬草を使ったりもするから、さすがにそこでポーションを作ろうとは思わないわねぇ」

「なるほど～」

薬の一部には毒草を少量使って作るものもあるそうだ。

もちろん母が言った万能薬や神酒（ソーマ）のように、〝毒をもって毒を制す〟みたいなものもある。イビルバイパーの内臓がその代表みたいなもの。

といっても使うのは本当にごく僅かな量だし、その毒を打ち消してポーションとして使えるようにする薬草があるので、万能薬や神酒（ソーマ）として成り立っている。誰が考えたのか知らないけど、レシピや材料を思い出すたびに凄いなあって思う。

まあ、そんなポーション作りの事情はともかく、出来上がったポーションを持って開店準備をする。今日は曇っているからなのか、少しだけ暑さが和らいでいた。

開店して少ししたらローマンさんとトビーさんが店に来た。母のポーションを取りに来たみたい。

母と少し話をしたいというので奥に案内したあと、二人に冷えたミントティーと三角スコーンを出す。

母とトビーさんは初対面だけど、奥から三人の笑い声が聞こえているから大丈夫だろう。トビーさん、ちょっとクセがあるからね。

すぐに話が終わったみたいで、ローマンさんとトビーさんはにこやかな顔をして帰っていった。

「いるのね、ここにも」

意味深な笑顔をしている母。

「そうですね」

冒険者がいたからはっきりと口に出すことはなかったけど、トビーさんのことを言ったんだと思う。強烈だもん、トビーさんは。ラノベに出てくるようなオネェ様だし。

たぶん母は気に入ったんだろう。ずっとにこにこしてトビーさんのことを話していた。

そしてお昼ご飯を食べたあと、エアハルトさんがハンスさんを連れてきた。

どうしたのか聞くと、ハンスさんが店をやることを決めたそうだ！

それに伴ってエアハルトさんの家の料理人を辞めて、拠点から出ていくと教えてくれた。

「おめでとうございます！　やっと念願が叶うんですね！」

「ええ。これもリンちゃんのおかげだよ。ありがとう」

「私はなにもしてないですよ？　レシピを教えただけで……」

「そのレシピがあったからボクは腕を磨こうと思ったし、レパートリーも増えたんだ。そして自分で考えてアレンジするということもリンちゃんに教わった。だから、ありがとう」

照れたように頭を掻きながら話すハンスさんは、とても輝いて見える。ずっと店を持ちたいと考えていて、夢を叶えたんだもんね。

そんなハンスさんだけど、西地区にお店を出すそうだ。一軒買えるだけのお金が貯まってからずっと、エアハルトさんやアレクさんと一緒に、できるだけ安いところを探していたという。

そうしたら高齢で病気がちになり、店を畳む予定の人がいたんだって。息子たちは独り立ちしてしまったがために跡継ぎもなく、弟子も全員独り立ちしてしまって継いでくれる人がいないとボヤいていたと商人ギルドから聞いたそうだ。

一度その場所を確認するためにギルド職員と一緒に出かけ、現店主にいろいろ質問したり話し合いと交渉をした結果、譲り受けることになったそうだ。

おお、なんという偶然！

建物自体の改築は必要ないけど、店内は改装するらしい。二階は住宅になっているんだって。

日々の掃除についてもハウススライム二匹と契約したそうで、ハンスさんの両肩にのっている。

色は黄色と白のハウススライムだ。契約前に五匹になっていたラズたちを思い出して、思わずほっこりした。この子たちもなかなか可愛いし。

改装にかかる期間は一ヶ月くらい。私のときと違って、手が空いている職人が多いからだと聞いた。

私が来たときはちょうど雨季の時期で、雨漏りの修理で駆り出されている職人が多かったからだと、あとになってから聞いた余談。

それはともかく。

お店ではランチと夕飯を提供し、時間を決めて営業するという。

お店に出すメニューを決めたいから、試食として夕飯を私たちに食べてほしいんだそうだ。

ハンスさんは料理が上手だから迷っちゃって、メニューが決められないかもしれないなあ。

ただ、できるだけ人数が多いほうがいいとのことだったので『アーミーズ』にも声をかけたところ、快く引き受けてくれた。今はグレイさんご夫婦の護衛依頼でいないけど、帰ってきたら『猛き狼』と『蒼き槍』のメンバーにも声をかけるつもりだと、エアハルトさんも言っている。

もちろん、エアハルトさんやアレクさんが仲良くしている他の冒険者にも声をかけるつもりなんだって。冒険者をターゲットにした食堂にしたいからと。

客層はそれだけじゃないそうだけど、ランチはどうしても冒険者相手になってしまう。だから彼らを優先しつつ、家族と一緒に来た場合の意見も聞こうと考えているようで、緊張しながらもキラキラとした目で目標を語ってくれたハンスさんが印象的だった。

その日の夜、拠点に行ってハンスさんのご飯を食べたり、メニュー決めの話し合いをした。

そこで私や『アーミーズ』が提案したのは、日替わりランチ。決まったメニューだと手に入らない食材があったときに困ることになるし、在庫が足りなくなっても困る。

だけど日替わりランチならその日安く手に入った食材で作ればいいし、レパートリーが多いハンスさんなら、「飽きた」って言われてお客さんが離れていくこともないと考えたのだ。

もちろんセットメニューの提案もしてみた。ワントレイにのせられるからね。

「セットメニュー、ですか」

「ああ。主食にパンかご飯を選んでもらい、他に決まったサラダとスープをつけるっていうのはどうだ？　そうすれば客があれこれ悩まなくてすむぶん回転率が速くなるし、誰か別のメニューを食べているのを見て、あれも食いたいってなることもないだろうし」

「……」

ヨシキさんの提案に、ハンスさんは真剣な顔で聞いている。

「難しく考えることはないんだ。メインをハンスが作っている間に、サラダとスープは他の人に盛りつけてもらえばいいんだから」

「なるほど！　トレイにそのふたつとパンかゴハン、そしてメインをのせればそのまま料理を提供できるってわけですね！」

「その通り」

ヨシキさんが話したセットメニューの意図を理解したのか、ハンスさんは手を叩く。

それに、セットメニューにすれば値段も一律にできるから、お金を払ったりもらったりするにしても楽だと思う。子どもの場合は、お子様ランチみたいなワンプレートでいいしね。

そんな話を、主に『アーミーズ』のみなさんが提案していく。

さすが経験豊富な転生者。

夜は家族向けや仕事を終えた人用にセットメニュー以外も用意して、それも人気メニュー以外はどんどん入れ替えたほうがいいとも話していた。売れないものを毎日仕込むなんて食材が勿体ないからと。

季節物を期間限定で出すのもアリだという話をすると、ハンスさんは真剣な顔で力強く頷いた。

ハンスさんのお店で使うトレイはライゾウさんが、メニューはミナさんとカヨさんが作ることに。食器も、売られていないサイズはライゾウさんが作ることになったみたい。

あと、果実水を手早く簡単に出せて、残量がすぐにわかるようなサーバーを作るとまで言い出した。ラ、ライゾウさん……

「水のサーバーは二十か三十リッター入るのがいいか？」

「それが三つあれば、ひとつは空、ひとつは冷やしている途中だったとしても、どうにでもなるだろうし」

「素材はどうするんだ？　木造か？」

「それがいいだろう」

「樽にしてどこかにガラスを嵌めれば、残量がわかるんじゃないっすか？」

「セイジ、それ採用」

「あざっす！」

「は、はあ……」

ライゾウさんとヨシキさん、セイジさんがサーバーについて話してるんだけど、ハンスさんは意味がわからなかったみたいで、曖昧な返事をしている。

それをライゾウさんが絵に描いて説明。

しかも、【時空魔法】の【空間拡張】を使い、見た目は小さな樽なのに中身が膨大だという、ある意味技術の無駄遣いをしようとしているのだ。

そんなのが他の商人や同業者にバレたらどうするんだろう？

そう思っていたら、ハンスさんの固定名義（バインド）にするんだそうだ。ですよねー。

「木はトレントかエルダートレントがいいな。できればエルダーがいいが……」

「ダンジョンに行って狩ってくるか？」

「あ。私、特別ダンジョンに潜ったときに倒した、エルダートレントの板をいくつか持っていますよ」

「おお、助かる！　売ってくれ」

「いいですよ〜」

ライゾウさんのエルダートレントという言葉に、手持ちの存在を思い出した。

なので、リュックの中に入っていた幅五十センチ、厚さ五センチ、長さ三メートルくらいの板を二十枚出すと、全員にギョッとした顔をされた。

え〜？　なんで〜？

「なんでこんなに持ってるんだよ、リンは！」

「庭の柵か棚を作ってもらおうかなあ……なんて思ってたんですよね、これで。この板はギルドの依頼にもなかったですし。そのままprice すっかり忘れていました」

「リン……」

全員に、残念な子！　って目で見られ、むくれる。

実際にダンジョンの中で聞いたとき、ライゾウさんやミナさんとカヨさんは「いらない」って言ったから、私がそのままリュックにしまっていただけなのに！

薄く切ることを考えると樽に使うのは多くて三、四枚だというし、トレイにするにしてもエルダートレントでは勿体(もったい)ないとのこと。

なので、残りの板で寝室に置く神棚と箪笥を作ってもらうことにした。

それはともかく、板は確保できたし、ガラスの材料は商店や商人ギルドで買えるので、樽の材料は揃った。

トレイは普通の木で充分だし、器にしても『アーミーズ』には焼き窯があるそうなので、すぐにでも作るとはりきっている。

それを見たハンスさんは、ドン引きしたようにライゾウさんを見ていた。

「……とんでもない人に依頼したんだろうか……」

「気にするな。単に物造りが好きなだけなんだ。もちろん、知り合い価格で安くしとくから」

「ありがとうございます」

さすがにタダってわけにもいかないし、タダだとハンスさんが受け取らないだろう。きっとライゾウさんのことだから、木材の値段だけを言うんだろうなあ。

どれくらい必要なのかはまたあとで計算するからと一旦話を打ちきり、今度は具体的なランチメニューの話になった。まずはハンスさんがどんなものが作れるか確認をしたあと、ランチに向いているメニューを考える。

お店は五日営業したら一日休みというペースで営業するそうなんだけど……メニュー

を十日で一巡にするか、一ヶ月で一巡にするかを決めることに。

ランチに合うメニューのレパートリーが少ないならば、ファミレスのように五日で一巡というのもアリだ。そういう話をしてから、ハンスさんにメインとなる料理のレパートリーを聞く。

ステーキ、串焼き、唐揚げ、ハンバーグ。ムニエルにパスタ、丼もの。

おお、かなりあるよ～！

パスタと丼ものが三種類ずつ作れるというから、十日で一巡でいいんじゃないか、という話になった。お客さんの要望やメニューの人気によっては、五日で一巡という手もあるしね。

そして串焼きと唐揚げはお酒に合うから、ランチよりもお酒を出すという夜のほうがいいとも言われていた。

そこは営業しながら考えればいいし、相談にのると『アーミーズ』のみんながハンスさんの背中を押してくれている。

「本当にありがとうございます！　なんてお礼を言えばいいのか……」

「いいんだよ。俺たちは美味いもんを食えるようになるんだ。ハンスさんはただ美味いものを作って提供すればいいんじゃないか？」

「そうだな。ハンスさんの料理は美味いし、何度でも食べたくなる」

「ありがとうございます。はい、そうします」

決意も新たに、ハンスさんが頷く。

そしてお店を改装している間、ハンスさんは屋台を出して店の宣伝をしたり、ライゾウさんは樽やトレイ、食器を作ったりと忙しくしていた。

もちろん、私が依頼したものはハンスさんのお店が開店して暇になってからでいいと伝えてあるので、後回しだ。

従業員は商人ギルドが紹介してくれた、経験があって身元がしっかりした人を雇ったそう。

そしていつの間にかルルさんと付き合っていてスピード結婚をしたりと忙しそうにしていた。

ランチの営業は十一時から二時まで、夜の営業は五時から八時までと、食堂としてはかなり短い時間で営業することが決まった。そういうお店もあるから問題ないんだって。

というか、食堂はそういう時間の割り振りで営業しているのがほとんどなのだそうだ。

朝はみんな忙しいのか屋台で済ませる人が多いから、お店もやっていないことが多い。

ないわけじゃないけど、そういうのは中央地区に集まっているんだって。朝から通しで一日やる店は、貴族相手が多いんだとか。

そういうところは日本と違うんだなあ……と思った。

準備をしているとあっという間に日にちが過ぎてお店の改装が終わった。ハンスさんたちはそこで一週間みっちり接客や営業の練習。


しっかり準備万端になった開店当日。

「いらっしゃいませ！　何名様ですか？」

「二人だ」

「では、こちらにどうぞ」

なにかあったときのために、エアハルトさんとアレクさん、ヨシキさんとライゾウさん、私とララさんが臨時従業員として手伝いに来ている。

そして厨房内にはハンスさんと調理補助が三人。フロアには、レジのところにルルさんと他に雇った人が四人。ルルさんもフロアに出て手伝うことになっているけど、お客さんの回転次第ではレジから離れられないだろう。

席に案内したら、おしぼりと水を人数分持ってお客さんのところへ行く。

日替わりランチの一品のみで値段は大銅貨五枚だというと、その安さに驚かれた。他の食堂だと、もっと高い場合があるから当然か。

そしておしぼりを不思議そうに見ていたので、予備に持ってきたおしぼりで使い方を説明。

するとお客さんたちは、手を拭いたあとで顔を拭いていて、日本でも同じことをしている人がいたなあ……と内心笑ってしまった。

おしぼりは、袋はついていないけどタオル地のしっかりしたものだ。

しかも、ライゾウさんったら洗濯とか濡らしたりとか丸めるのが大変だろうからと、一連の動きができる機械まで作っちゃったんだから凄い。というか、呆れた。

どれだけ技術の無駄遣いをしているんだろう？

殺菌までできる優れものの洗濯機から取り出して別の機械に入れると、機械の中でおしぼりが畳まれ、綺麗な棒状に丸まって出てくるんだとか。

人の手が入るのは、洗濯機に入れるときと取り出して別の機械に入れるとき、丸まったおしぼりを温めたり冷やしたりする冷温箱に入れるときだけだ。

これ、喫茶店とかお店をやってる人なら欲しがる機械だと思う。なので、ライゾウさんはこれも盗まれないよう、樽と一緒にハンスさんの固定名義（バインド）にしていた。

まあ、お店には防犯機能がついているから、滅多なことじゃ盗まれるということはないんだよね——悪意を持って家に放火したりしない限り。

なので、ライゾウさんは通常の防犯機能に加え、万が一に備えて監視カメラのようなものまで取り付けていた。

おおう……才能の無駄遣いをしているとしか思えない！

ま、まあ、詳しいことを聞かれたらライゾウさんの名前を出していいと本人が言っていたので、いざとなったら販売するんだろう。どれを販売するのか知らないけど。

そんな店内の技術はともかく、新しいお店だからなのか、あるいは食べた人が宣伝しているのか、お客さんは途切れることがない。自分の開店のときを思い出して若干遠い目になったけど、今はそれどころじゃない！　と接客を頑張った。

そして。

「ありがとうございました！」

ランチ営業の終了時間になったので看板を一旦しまう。まだ食べている人がいるけど、食べ終わったらすぐに出ていくのだろう。

厨房で食器洗いを手伝ったりしているうちに、ハンスさんが賄い（まかな）を出してくれた。今日の賄い（まかな）は、ランチと同じ親子丼。ココッコのモモ肉と卵を使っているのだ。

一回一回煮ていると時間がかかってしまうので、モモ肉と玉ねぎだけを先に煮ておき、注文が入ったらライゾウさん特性の丼鍋に煮たモモ肉を入れ、沸騰したら溶き卵を入れるという手法にした。そうすることで時短になるし、お客さんを待たせることなく提供できるから。

「ある程度先に煮ておくのっていいですね。洗い物が少なくて済む」

「仕込みも提供も楽だろう？」

「そうですね」

仕込みの手間を考えて、いかに楽に、そして時短で提供できるかの練習もしていたハンスさん。味を同じにするためにレシピを書いて、補助の人やルルさんでも作れるようにしたのだ。

ハンスさんが温めている間に補助の人が丼にご飯やサラダを盛ったり、お味噌汁を入れてトレーにのせていろいろと準備しておけば、あとは出来上がったものをフロアの人が運ぶだけで済むから本当に楽だ。

「よし。休憩したら、夜の仕込みだな。ある程度は終わっているんだろう？　ハンス」

「はい。大変なのは串打ちですが、みんなでやるか前もってやっておけば楽ですし」

「そうだな。冷蔵庫と冷凍庫があるんだ。大量に仕込んで、その中に入れておけばいいし」

「はい。ライゾウさんのおかげです。本当にありがとうございます！」

「いいって。ドラール国では当たり前だったんだから。気にすんな」

ドラール国の食堂では、冷凍庫と冷蔵庫があるのは当たり前なんだとか。特に夏場は食べ物が傷んだりすることが多いから、大人気だったんだって。

これからアイデクセ国でも広がっていくのかなあ……と思うと、ライゾウさんって本当に凄い人なんだと、改めて感じたのだった。

休憩が終わったあと、夜の仕込みを手伝うことに。

といっても、串焼き用のお肉に串を刺すだけなんだけどね。あとは唐揚げの味付けをしたり、先に一回目の揚げをする程度だ。

串焼きはロック鳥のモモ肉とフォレストウルフ、オークの三種類。母とマドカさんがタレの作り方を教えていたので、味付けはハーブ塩と合わせてどっちか選べるようにした。要は焼き鳥です。

唐揚げも味付けが三種類ある。醤油味とにんにく味、塩味だ。どれもお酒に合うからと、ライゾウさんやヨシキさんがすすめていたっけ。

他にも串揚げを用意しているとか。串揚げ……美味しそう！

だけど、そんなに料理を出して大丈夫なのかなあ？　補助の人がいるとはいえ、ハンスさんが倒れないか心配だよ。

本当は枝豆も出したいところだけど、緑のビーンはレアなだけあって数が少ないし、逃げ足が速いことから滅多に倒せるものじゃない。なので諦めたという。

どうしても欲しかったら私が依頼を受けて採ってくる、ということで落ち着いた。

ただし、私も店があるので、月に一回ということにしてもらった。採れる量が少ないんだから、仕方がない。それに、月に一度ならレア感が出て売れるんじゃないか？　とも言われていた。

あとはどこかの領地で栽培してくれるといいんだけどなあ。ガウティーノ侯爵様に頼んでみようかな。そこはエアハルトさんと相談してからだね。

もしかしたら、スライムと同じように食べ方がわからなくて、捨てられているかもしれないし。

お酒はこの世界のものに加えて、私が作り方を教えたサングリアも出すみたい。ワインに果物を入れるだけだから簡単だし、美味しいから女性が来たらすすめてみようと思う。

ワインセラーもちゃんとあるけど、庶民向けのワインなので高いワインはないそうだ。

その他メニューは、櫛(くし)形のポテトフライやハンバーグと串揚げ。この世界の料理などなど、お酒だけじゃなくご飯だけを食べる人もいるので、そんなメニューになったみたい。

試食したけど、どれも美味しかったよ！

明日は店があるから私が手伝うのは六時まで。

なので、手伝いが終わったら店内の様子次第だけど、ご飯を食べて帰るつもり。

仕込みも終わり、もうじき開店という時間になって、お忍びでガウティーノ侯爵ご夫妻とオースティンさん、ボルマンさんがひょっこり顔を出した。

開店祝いなのか、食材を大量に渡していた。

おお、凄い！　冷蔵庫や冷凍庫に入るのかな？　まあ、地下にも野菜をしまっておく部屋があるから、そこにしまうのかもしれない。

「だ、旦那様、奥様……！」

侯爵様ご夫妻たちが来たことでハンスさんは驚いている。

「ハンス、おめでとう！　ようやく念願が叶ったな」

「は、はい！　それは旦那様がガウティーノ家で働く許可をくださって、ボルマン様が指導してくださったおかげです。本当にありがとうございます！」

「いやいや、俺はなにもしていない。頑張ったのはハンス自身だ。それは厨房にいた人間がよーく知っている。だから、自信を持て」

「……っ、はい！」

みなさんにお祝いされて、若干涙目になっているハンスさん。本当に嬉しそうだ。

しばらく雑談をして、今度お忍びで食べに来ると話した侯爵様は、みなさんを連れてお店から出ていった。

「……よし。頑張るぞー！」

気合い充分なハンスさんと、そんなハンスさんにそっと寄り添うルルさん。

二人して見つめ合い、にっこり笑ってから従業員に声をかけると、それぞれのポジションに散らばった。

そして準備が整い、お店が開店する。

「いらっしゃいませ」

夜は昼ほど混雑することはなく、ゆったりと時間が流れている。

だけど、時間が経つにつれて席が徐々に埋まってきた。それにランチにも来ていたリピーターの冒険者もいたから、ハンスさんの味が確かだってことなんだろう。

六時になったので、私はかけていたエプロンを外した。席がまだ空いていたので、ご飯を食べて帰ることに。

「ハンスさん、今日のおすすめはなんですか？」

「ブラウンボアを使ったハンバーグですよ」

「じゃあ、それをください！」

帰りはエアハルトさんが送ってくれることになっているので、一緒にご飯を食べる。

ちなみに従魔たちは留守番をしているからここにはいない。本当の二人きりなのだ。

できるだけ早めにご飯を食べて、家に帰ることにする。丸一日家を空けていたから、従魔たちが心配なのだ。それに従魔たちも心配していると思うから、できるだけ早く帰りたいし。

そんなことを考えていたらハンバーグがやってきた。

「チーズがのってるハンバーグに、トマトソースがよく合う〜！　美味しいです、ハンスさん！」

「ありがとう。リンちゃんにそういってもらえると自信に繋がるよ。ハンバーグの師匠はリンちゃんだからね」

「確かに教えたのは私ですけど、それをアレンジしたのはハンスさんじゃないですか。努力したのはハンスさんですよ？」

「謙虚だなあ、リンちゃんは。だけど、レシピの師匠でもあるんだから、そこは譲れないかな」

「う〜……」

そんなつもりで教えたんじゃないんだけどなあ。

師匠だなんておこがましいよ、私は。絶対に努力した料理人のほうが凄いと思う。

まあ、そんな話は横においといて。

ハンスさんいわく、想定していた客数よりも多いそうだから、初日としては大成功だろうって言っていた。それはエアハルトさんやアレクさん、食べに来た冒険者たちも同意していた。みんなあちこちのお店に行って食べ歩いているからこその意見のようだ。

ただ、お店が儲かると嫉妬で妨害してくるような輩も出てくるだろうから、そこを警戒しないといけない。そのための監視カメラだし、騎士や警邏が各地区の通りを巡回しているのも防犯のためなんだって。

まあ、そういうことをするようなお店は所謂メシマズなところが多いそうだし、まず一般の人や冒険者が行かなくなって、結局お店を畳むことになるから、あまり心配はしていないという。

ハンスさんがお店を出している通り自体も、食堂は少ないし、あっても料理というかお店のコンセプト自体が違うみたいだから、客層がかぶることはないそうだ。

それなら安心かな？　ガウティーノ家が後ろ盾になっているし、大丈夫だろうとはエアハルトさんや元騎士な冒険者のみなさんのお言葉。

そのわりには、なんで私は迷惑をかけられっぱなしなんだろうね？

人徳の差？　それとも、残念なアントス様の影響？

どっちにしろ、貴族はもうお腹いっぱい。なので、これ以上関わらないでほしいなあ。

領地経営を開始した、グレイさんをはじめとした王族に期待しよう。

……微妙だけど。

あまり遅くなっても困るからと少しだけ雑談をしてハンスさんの店を出る。

隣にいるのは大好きなエアハルトさん。まるで食事デートをしてきたみたいで、心がふわふわしている。

好きな人はいるのかな。いないなら、私を好きになってほしいな。

人を好きになると、どんどん貪欲になっていく。最初は一緒にいてくれるだけで嬉しかったのに、今は私を見てほしいって考えてる。

いくら貴族籍を抜いて平民になったとはいえ、エアハルトさんが侯爵家の血を引いていることに変わりはない。根っからの平民と結婚するってアリなのかと考えてしまう。

いつかエアハルトさんも、誰かを好きになって結婚するのかな。そのとき、私は笑って「おめでとう」って言えるのだろうか。

つらいけど、言えるよう努力したいなあ……なんて、一緒に歩きながらそんなことを考えていた。

「あ、そうだ。リン、今度の休みは予定あるか？」

「特別ダンジョンの下層に行こうと思っています。そろそろ従魔たちが騒ぎそうなんですよね」

「俺も試しに連れていこうと思ってたんだ。なら、一緒に行くか？　俺も欲しい素材があるし」

「わ～！　やった！　楽しみにしてますね！」

「おう」

今度の休みはエアハルトさんとダンジョンに行くことになりました！

ダンジョンでデートだなんて思ってはいけない。きっとパーティーの仲間として誘ってくれたんだからと言い聞かせ、どの階に行くか話しながら、拠点まで帰ってきた。

そして裏から自宅に戻ると、従魔たちと眷属たちが突進してくる。全員もふってから一緒にお風呂に入り、さっさと布団に潜って寝てしまった。

今日はエアハルトさんと一緒に特別ダンジョンに行く日だ。

従魔たちや眷属たちも一緒だけど、やっぱり自由に動きたかったみたいで、昨日の夜からずっとそわそわしつつご機嫌な様子。

あらま……そんなに楽しみにしてたのか。

これからは月に二、三回は行かないとダメかなあ……なんて考えて、ちょっと頭痛がしてくる。ま、まあ従魔たちが暴れている間に、私は薬草採取をしていればいいんだけどね！

そんな私の事情はともかく、まずは冒険者ギルドに行って依頼がないか探した。特別ダンジョンの八階に到達している人はほとんどいないみたいで、それなりの量の依頼があった。

前回合同で攻略したときに出した素材が中心だから、以前買った人が欲しがっているんだろう。確かにいい素材が多かったし、ライゾウさんやゴルドさんも「武器や防具が強化できる」って喜んでいたから。

そんなことを思い出しながら、掲示板に貼られていた依頼のほとんどを剥がし、受付へと向かう。どれも八階でしかドロップしないものばかりだし、従魔たちもいるから大丈夫だろうってエアハルトさんが言っていた。

そういえば、冒険者ギルドで個人的に依頼を受けるのは初めてかも。今まで依頼を受けたときはパーティー単位だし。

ちょっとドキドキしつつ、依頼票を持ってタグと一緒にカウンターに出したんだけど……

「エアハルトさんと……リンさんですね。リンさん、冒険者ギルドでの依頼は初めてですか？」

「個人としてはそうですね。だけど、依頼を受けるのに、わざわざそんなことを言う必要はあるんですか？」

「……申し訳ございません。確かに必要ないですわ」

嫌味ったらしく余計な一言を言う受付嬢を、エアハルトさんも睨んでいる。隣にいる受付嬢や知り合いの冒険者たちも眉をひそめているし。

というか、初めて受けるとか貴女には関係ないじゃない。

やっぱ冒険者ギルドは感じ悪い！　と内心で思いつつ、依頼を受けたら出発。

「リンちゃん、依頼頑張れよ！」

「ありがとうございます！」

顔見知りの冒険者たちに声をかけられて返事をしながらギルドを出る。

エアハルトさんはスヴァルトルに、私はロキにのってダンジョンに移動中。

実は気になっていることがひとつ。

エアハルトさんの従魔はまだ子どもなのに、連れていっていいんだろうか？

「エアハルトさん、従魔たちはまだ子どもだけどダンジョンは大丈夫なんですか？」

「それなんだが、どうもリンの従魔たちがレベリングを手伝うと言ってくれたらしくてな……」

「そ、そうなんですか……」

おおう、聞いてないよ～！

ま、まあ眷属たちのレベリングと同じように、きっとラズやスミレが拘束してから倒す、ということをするんだろう。かなり仲良くなっていたし、何気に面倒見がいいんだよね、うちの従魔たちは。

「怪我したら言ってね？　ポーションですぐに治すから」

〈〈はーい！〉〉

〈ラズも魔法を使うから大丈夫！〉

「そのときはお願いね」

〈うん！〉

一応安全対策としてポーションのことを話すと元気に返事をするエアハルトさんの従

魔たち。ラズも回復を手伝ってくれるのは心強い。

そんな話をしているうちにダンジョンに着いた。

「リン」

「はい？」

「……ダンジョンから戻ったら、話がある」

「わ、わかりました」

スヴァルトルを預ける前に、真剣な顔で話があると言ったエアハルトさん。

いったいなにを言われるんだろう……

気にはなるけど、これからダンジョンに潜るので気持ちを切り替える。そしてタグを見せてからダンジョンの中に入ると、転移陣を使ってすぐに八階へ飛んだ。

このダンジョンも、ボスを攻略すると各階に行ける仕様になっているみたい。

八階に行ったら、まずは一番近いセーフティーエリアを目指す。今日はそのセーフティーエリアを拠点にして、採取や依頼をこなすのだ。

もちろん移動しながら依頼をこなし、レベル上げもしている。

今回受けた依頼は薬草採取とエルダートレントの素材を全種類、ブラックウルフの毛皮と爪と牙。他にも、スパイダーシルクやオーク系の素材やお肉などなど、八階に出る魔物たちからドロップする素材が中心だ。

「ユイ、この薬草がドクダミで、こっちがバーベナか？」

「そうです」

二人っきりだからなのか、本名で呼んでくれるエアハルトさん。それがとても嬉しい。

ドクダミとバーベナは万能薬とＭＰポーション系に使う薬草だ。もちろん神酒（ソーマ）にも使われている。

エアハルトさんはちらちらと自分の従魔たちの様子を見つつ、依頼にあった薬草の採取をしている。もちろんナイフを使って丁寧に切り、麻袋の中に入れていた。

「こうしてみると、一口に薬草と言ってもかなりの種類があるんだな」

「そうですね。薬師だけが使う薬草もありますけど、中には医師だけが使うものもありますから、薬草の種類はかなりあると思います」

「へえ。タクミもこういうのを扱っているんだろうな。あとヴァッテンバッハ公も」

感心しきりなエアハルトさん。依頼だからということもあるんだろうけど、一発で覚えているのは凄い。

従魔たちと眷属たちが戦闘をして、私たちが採取をする。そんな動きが出来上がり、あっという間にセーフティーエリアに着いたので、一回休憩する。

休憩を終えてセーフティーエリア周辺をぐるぐる回りながら依頼をこなしていくと、薬草はすぐに集まった。

そのあと私は自分が使うぶんを採取して、エアハルトさんは従魔たちと一緒に戦闘訓練をしている。

肩から伸びる腕とか背中の筋肉とか、本当に綺麗だ。なんといっても躍動感があって、ずっと見ていられる。

そんな変態ちっくなことを考えてうっとりしながら見つめていると、エアハルトさんと目がバッチリ合ってしまった。不思議そうに首を傾げていたから曖昧に笑って誤魔化し、また採取をする。

あ、危なかった……！

余計なことを考えるのはやめようと思い、採取と戦闘をしてどんどん依頼をこなしていくと、あっという間にお昼になってしまった。

セーフティーエリアに戻り、持ってきたお弁当を食べることに。

「依頼の状況はどうですか？」

「薬草は終わっているし他の素材もだいたい集まった。あとはエルダートレントとブラックウルフの牙くらいだな。フロッグは期待していないから除外するが」

「そうですね。それに、ここまでほとんど出ていませんしね、エルダートレントは」

「ああ」

もともと数が少ないみたいで、なかなか出てこないんだよね、エルダートレントって。

なので見つけたらすぐに倒すようにしているんだけど、これがなかなか見つからない。

ブラックウルフはちょこちょこ出てきているし、牙と毛皮があと少しといった具合だそうだ。

もう少し奥に行くか、九階に行こうかと話しているうちに休憩時間が終わった。

そのとき、雷が鳴ったような気がしてビクリと震えると、エアハルトさんが心配そうな顔をして私を見る。

「ユイ？　大丈夫か？」

「えっと、その……。雷が鳴ったような気がして……」

「俺は特に聞こえなかったが……」

「そうですか……。気のせいかもしれないので、気にしないでください」

気のせいだといいなあと思いつつ、なんとか笑みを浮かべる。

セーフティーエリアから出てエルダートレントを探すことにした。今までは西から南の方向を彷徨(さまよ)っていたんだけど、今度はその反対側に行く。

エリアを変えたからなのか、すぐにエルダートレントが三体出た。レンたち一家が瞬殺してくれたので、ドロップ品を拾う。今回出たのは魔石はもちろんのこと、板と枝、丸太。

……なんで丸太？　なんに使うんだろうと首を捻るものの、私にはさっぱりわからないので、そのまま麻袋の中にしまう。

先へ進むと、エルダートレントがどんどん出てくる。採取している暇もないくらいに。

「……今までまったく出なかったのは、こっちに集まっていたからなのか？」

「そうかもしれないですね……」

連続で五回戦い、途切れたところでドロップ品を拾って小休止。

さっきまでまったく出なかったのはなんでだー！　っていうくらい、エルダートレントが出てきていた。

他にもブラックウルフとかマーダーモンキーとか、とにかく上の階層にいた魔物の上位種や変異種がちょこちょこ出てきていたので戦っていた。

……主に従魔たちや眷属たちが。

ラズとスミレが拘束して、エアハルトさんの従魔たちが攻撃する。レベルが低いからなのか倒すまでの攻撃回数は多い。

それでも午前中戦っただけでレベルが五十までいったというんだから凄い。まあ、それだけこの階層にいる魔物のレベルが高い証拠なんだろう。

戦闘と小休止を繰り返していると、やっとエルダートレントの板が集まった。他にも丸太や枝があるし、依頼数以上にドロップしたものは商人ギルドのほうに売ってもいいかもしれない。

帰りに寄って、依頼があるか確かめてみよう。

「よし、集まったな。従魔たちのレベルをもう少し上げてもいいか？」

「いいですよ」

〈我らも構わない〉

〈〈〈ありがとう！〉〉〉

〈シュー！〉

本当に仲がよさそうにしているなあ、従魔たちは。

そんな従魔たちの様子を見ていたら、いきなりドーン！　って音が鳴った。

そして、雨も降ってきた。ああ、さっきのはやっぱり雷だったかー！

苦手なんだよ～、雷は。

ポツポツと降っていた雨粒がバケツをひっくり返したみたいな量になり、内心ガクガクと震えながらも慌ててセーフティーエリアに戻った。

のはいいものの、セーフティーエリアには雨宿りできるような建物はない。

うう……ダンジョンの状態を見るに、どうやら地上は雷雨になっているみたい。間隔は長いけど、ゴロゴロピカッ！　が止まらないし、雨足もどんどん強くなってきてる。

そんな状態だったからなのか、セーフティーエリアに着いたころには全身びしょ濡れになってしまった。ライゾウさんにせっかく雨合羽(あまがっぱ)を作ってもらったのに、着る暇もなかったよ……

「これはもっと酷くなる可能性があるな……テントじゃダメかもしれん」

「ですよね。なら、私が【家(ハウス)】を出しますね」

「いいのか？」

「いいですよ～。小さな家くらいの大きさでいいかな？」

雨宿りできる程度の小さな一軒家をイメージして【家(ハウス)】を設置する。大きくなったのですぐに中へと入り、濡れた服を魔法で乾かした。

だけど雨に濡れて冷えた体は温まるはずもなく、お風呂に入ることに。風邪をひくよりはいいしね。

もちろん、エアハルトさんや私の従魔たちや眷属たちも入りましたとも。

キッチンでお茶を淹れたあと、もっとあったまるようにポトフを作った。

「ありがとう、ユイ。助かる。やっと人心地ついた」

「どういたしまして」

軽くつまめるものとしてパンを出し、ポトフと一緒に食べる。

外は相変わらず荒れた天気で、ときどき光ったと思ったらドーン！　って凄い音が鳴って、そのたびに肩が跳ねる。

うう……苦手なんだよぅ……雷は。

しかも、光ってから音が鳴る間隔がどんどん短くなっているから、雷が近づいてきてるみたいで余計に怖い。

「ユイ……大丈夫か？」

「だ、だいじょ、きゃあっ！」

一際大きな音がして、ガラスがビリビリと震えた。まるで雷が落ちたような、そんな音だ。

うう、怖い！

形振り構わず耳を塞いで蹲っていたら、エアハルトさんに抱き上げられた。そしてそのまま膝の上にのせられて焦る。

「え、え、エアハルト、さんっ」

「俺がいるから。ずっと、ユイの側にいるから。だから、安心しろ」

「え……」

ギュッと抱きしめられて、背中をとんとんと規則正しく叩かれる。

そうしているうちになんとか落ち着いてきた。

とても優しいエアハルトさん……顔を見上げると心配そうに私を見ていて。

だけど、私の視線に気づくとまるで父や母がお互いを見ているときのような、愛しいという感情をのせた目で優しい微笑みを浮かべてくれる。

出会ったときから、ずっと優しかったエアハルトさん。

なのに、どうして恋人や婚約者がいないんだろう？　不思議でしょうがない。

そりゃあ、私を見てくれたら一番嬉しいけど、世の中そんなに甘くないってことは、私が一番よくわかっている。今まで散々理不尽な目にあってきたんだから。

「ずっと、ユイの……優衣の側にいる」

「えあ、はると、さん……？」

ギュッと抱きしめてきたかと思うと、エアハルトさんが耳元でそう囁いてきた。

期待していいのかな。

だけど、実は違うかも。いろいろなことを考えてしまうけれど、エアハルトさんの目はどこか決意に満ちていて――

「側にいるよ――優衣を愛してるから」

突然そんなことを言われて固まる。

え？　今なんて言ったの？

「え……、え、え、えあっ、はると、さんっ」

「嘘じゃないからな？　俺は、優衣を愛している」

「は、うそ、え、なんで？」

はぁ、と小さく溜息をついたエアハルトさんだけど、その耳や顔が真っ赤になっている。

というか、エアハルトさんが、私を、愛してるって、言った⁉

なんとか意味を理解すると、急に顔が熱くなった。

え、本当に？

「今言うつもりはなかったんだ。ダンジョンを出たあと、ちゃんとした場所で言うつもりだった」

「……っ」

「もっと優衣のことを知って、そして俺のことを知ってもらってから言うつもりだったんだがな。怖がっている優衣を見たら、どうしても護りたくなったんだ」

「エアハルトさん……」

言葉が頭の中に入ってくると、じわじわと嬉しさが込み上げてくる。心にポッと灯がともったように温かくなる。

「他に好きな人とかいるんだとばかり……」

「いない。初めて会ったときから、ずっと好きだった。成人前の少女を好きになったのかと悩んだりもしたが、そこは杞憂でよかったと思っている。まあ、かなり年齢差はあるが……」

「……」

「今は、優衣がとても大事だ。本当に愛してる。いつか俺を好きになってくればいいが、今は俺の気持ちだけを伝えたくて。それに、やっと正しい発音で、優衣と呼べるようになったし」

こっそり練習した甲斐があったと話すエアハルトさん。

え、マジでエアハルトさんは私が好きだった！　しかも初めて会ったときからって……

なんだか勿体ないことをしたというか。

告白された今なら、今までずっとエアハルトさんがしてた行動に納得するよ。勘違いじゃなかったんだって。

あ、しまった。エアハルトさんが不安そうな顔で私を見てる。返事をしなきゃ。

「え、えっと、私もエアハルトさんが好き、です。まだ愛とかよくわからないですけど、エアハルトさんが好きだっていうのは変わらなくて、そ、その、あのっ」

「はぁ～……よかった！」

拒絶されたらどうしようかと思ったと、とても小さな声で囁いたエアハルトさん。

ドキドキが止まらなくて、嬉しいって気持ちが溢れてきて、なんだか泣けてきた。

「優衣？」

「う、うれし、っく」

「ほら、泣くなって」

嬉しくても泣けるんだって、このとき初めて知った。

そしてあまりにも私が泣きやまないものだからエアハルトさんはとても困った顔をしつつ、チュッと唇に軽くキスしてきた。

そしてもう一度。それに驚いて、涙が止まってしまった。

「えっ、えっ、エアハルト、さんっ」

「やっと泣きやんだな。ほら、目が腫れてるぞ？　そんな顔で地上に戻ってみろ、周りからなにか言われるのは優衣だからな？」

「うう……そ、そうですよね。しっかり顔を洗って目を冷やしてきます……」

「ああ。そろそろ雷雨もやみそうだし、帰る仕度をしよう」

「……はい」

ううう……恥ずかしい！　けれど嬉しい！

ふたつの言葉がぐるぐると頭を回って、ちょっと混乱している。

だけど今はダンジョンの中だからとグッと我慢して……それでもじわじわと嬉しいって気持ちが全身に広がってくる。

「うぅ……嬉しいよぅ……」

ぽつりと呟いて、瞼（まぶた）を冷やすようしっかりと顔を洗った。

そして瞼（まぶた）の腫れが引いたころ、雨は小降りになっていた。

これならフロッグが出ているかもしれないとエアハルトさんと話し、さっさと【家（ハウス）】を片付けてセーフティーエリアを出る。

そうしたらやっぱりフロッグが大量に出ていたので、従魔たちや眷属たちと一緒になって、嬉々として狩りまくった。転移陣に着くころにはフロッグの皮が大量になり、調べていた依頼の三倍の数になっていた。

「ちょっと狩りすぎたか？」

「いいんじゃないですか？　依頼がありましたよね」

「そうだな。優衣も必要なんだろう？」

「はい！　私の世界ではビニールハウスというのがあって、冬場に畑を守るものなんですけど……。同じようにフロッグの皮で冬に薬草畑に被せるものを作れるかなあって思っていたんです」

　ドロップしたものを拾いながら会話をする。

　小降りとはいえまだ雨が降っているからなのか、フロッグがゲコゲコと鳴いて襲ってくるのだ。

「冬に布を張っていたのは、そういうことか！　そのなんちゃらハウスの代わりだったのか？」

「そうなんですよ～」

「なるほどなあ。ガウティーノ領は王都の北にある領地だから、これなら冬場の野菜が枯れなくなるか？」

「恐らくは。だけど先に侯爵様に話して、実験してもらったらどうですか？　野菜によって向き不向きがあると困りますし。私はそういったことは詳しくないので、ライゾウさんに聞くといいかもしれません」

私の農業の知識って、某アイドルがやっていたテレビ番組程度のものしかないんだよね。それだって飛び飛びで見ていたから、きちんとした知識はないに等しいのだ。

きちんと知っているのは、無農薬農薬の作り方くらい。あれだったらこの世界にも同じ効果の草などがあるから、役立つと思う。

といっても、この世界では草蜘蛛（グラススパイダー）という小さな蜘蛛が益虫として同じように活躍しているから、必要ない気がするけど。

そういったこともあり、ライゾウさんに聞いたほうがいいと考えたのだ。

「ライゾウに？」

「はい。ライゾウさんは向こうの世界では畑を持っていて、野菜を作っていたと聞いていますから」

「へえ……。ライゾウというか、転生者って凄いんだな」

「そうですね。天寿（てんじゅ）を全うしたからというのもあるだろうし、みなさんそれぞれなにかしらの専門知識を持っていると思います」

「そんな彼らと一緒に過ごしていたんだな、優衣は」

ヨシキさんたち元自衛官は私が一方的に見てただけだけど、ライゾウさんや両親、ミナさんとカヨさんは直接関わっていた人ばかりだ。

「あの……ハインツさんのことは聞きましたか？」

「ああ。ハインツ様も転生者だそうだな」

私が言っていい秘密ではないのでそれとなく確認すると、エアハルトさんも本人から聞いたようだった。これなら当時の話もできるかな。

「はい。一番私の面倒を見てくれたのがハインツさんです。施設——孤児院のオーナーで、とても子ども好きな方でした。あと、両親もですね」

「ああ、それは納得する。とても子煩悩な方だよ、今もな」

「そうなんですね」

戦闘をして、ドロップを拾いながらたくさん話をした。

ダンジョンの中、しかも従魔たちと眷属たちしかいない場所だからこそできる会話ともいう。

色気なんてないけど、今はどんな話でも楽しい！

話をしているとまたフロッグが襲ってくる。

そろそろ鬱陶しいと思いつつも、みんなと一緒に戦闘をこなしつつ、転移陣を目指した。

あと少しで転移陣に着きそうだったので、一旦小休止。

「じきに雨もやみそうだし、もう少し狩っていくか？」

「はい。あ……そういえば、ライゾウさんもフロッグの皮をたくさん欲しい、って言ってました」

「カサと雨用のコートが大人気らしいからなあ」

「そうなんですよ〜」

雨季ではなくても、日本と同じように雷雨になったり夕立がきたりするときがある。

そういった理由があるからこそ、ライゾウさんが作る傘と雨用のコートが大人気なのだ。

それだけでなく、ライゾウさん作の日傘も大人気！

日傘はこの世界にももともとあったけど色のバリエーションやデザインがイマイチで、お嬢様たちに不評だったんだって。白と黒の二色のみで、確かにどんな色のドレスにも合わせやすいけど、おしゃれに敏感な貴族女性は不満だったらしい。

日本にいたときのデザインや色のバリエーションの豊富さを考えると、確かにおしゃれに敏感な人からしたら不満が出るよね。

ちなみに日傘はスパイダーシルクで織った布を使い、作っているそうだ。

あとは、隣国から輸入された、つばの大きな帽子も流行り始めているらしい。傘を持っていると恋人や婚約者と腕を組んで歩けないから、という理由で。

確かに傘だと邪魔になるよねぇ……と、妙な方向に納得してしまった。

まあ、大きい傘を作ってもらって相合傘にしている人もいるそうだから、それぞれに合ったスタイルで楽しんでいるみたい。

そんな王都のファッション事情はおいといて、休憩が終わったのでまた転移陣を目指して歩く。転移陣に着いたころにはフロッグの皮がたくさん集まった。

大漁、いや大猟ならぬ大量ですよ～。

なので、保留にしてあったビニールシートもどきを作ってもらうことに。できるだけ多く作ってもらって、何枚かエアハルトさんに渡すつもりでいる。

そんな話をしたら、自分で頼むと言われてしまった。

「説明は優衣がしてくれればいいさ。だが、依頼するのは俺だ。俺の実家でのことだからな」

「エアハルトさんがそう言うなら……」

「そんな顔をするなって。教えてもらって嬉しいんだから」

拗ねた顔していたんだろう……剣だこがある大きな手で、頭を撫でられた。

くそう……ちょっと嬉しいかも。

私の気持ちはともかく、陽が暮れそうになったので、転移陣に触って一階へと戻った。

そのままダンジョンを出てスヴァルトルを受け取ると王都に戻り、冒険者ギルドに寄った。

そして掲示板に行って残っていたフロッグの依頼を剥がし、依頼達成カウンターへと行く。

ちょうど同じタイミングで帰ってきた人が多かったみたいでちょっと並んだけど、すぐに順番がきた。

「そんなにあるのか？　凄えな！　特別ダンジョンの八階に行ってきたのか？」

「ああ。こっちでも雷雨になったんだろう？　そのおかげでフロッグが出てな。かなりの数があるから、余剰分を買い取ってくれると嬉しいんだが」

「おお、それはこっちも願ったり叶ったりだ！　ここだと狭いから、倉庫に行こう」

代表でエアハルトさんが話す。

担当してくれたおっさん職員についていくと、とても大きな建物に案内された。

ここは大量の依頼達成品がある場合に案内される倉庫なんだって。

空いている大きなテーブルに案内され、そこに依頼票と達成品、隣に余剰分をのせていくと、おっさん職員の顔が引きつった。そして近くにいた、手が空いている職員も。

まあ、気持ちはわかる。

だってかなりの依頼を受けて達成しているもの。ところ狭しと並んだ品々に、職員たちは嬉しい悲鳴をあげていた。

「いや～、さすがはSランクだな！　これだけ集まるのは久しぶりだ」

「いやいや、まだまだだよ、俺たちは」

「謙遜するなって。うーん……ちょっと数が多いから、計算に時間がかかってしまうが、いいか？」

「明日また来るから、そのときでもいいぞ？」

「そうか？　そうしてもらえるとこっちも助かる。だったらこれを渡しておくな。こっちがエアハルト、こっちがリンの引き換え板だ」

職員に渡されたのは、木に数字が書かれている板だ。かまぼこ板の半分サイズくらいかな？　裏には担当した職員の名前が書かれている。

職員の説明によると査定や計算に時間がかかるときに渡す札で、職員に言われた時間以降にこの札を持って達成カウンターに行くと、買い取った品物のお金を渡してくれるそうだ。

もちろん、明細も一緒に渡されるんだって。

それで冒険者が売ったものとギルドが買い取ったものを確認するんだとか。

レシートみたいなものなんだろうね。

きちんとしていて、どっかの町のギルドとは大違いだ。

明日の朝市が開かれる時間以降に来てくれと言われたので頷き、おっさん職員と一緒にギルド内に戻る。そのままギルドを出ると、エアハルトさんと別れて自宅に帰ることに。

今日はエアハルトさんはハンスさんのお店でご飯を食べて帰るんだって。私も行きたかったけどハンスさんのお店はまだ混んでいるし、従魔たちの数がとても多いので諦めた。

もう少し落ち着いたら行きたいな。

「またハンスの店に行こうな」

「はい」

「じゃあ、明日」

「お疲れ様でした。おやすみなさい」

エアハルトさんに手を振って、従魔や眷属たちと一緒に自宅へと向かう。商会はもう閉まっていたので買い物しないで帰ってきた。かなりの時間、ギルドにいたから仕方ない。

家に戻り、ざっと庭の確認をしてからお風呂に入って着替えると、ご飯を作って食べた。

その後、採取してきた薬草でポーションを作り、明日に備える。朝から冒険者ギルドに行かないといけないから、先に作っておきたかったのだ。

ある程度ストックしておいて、残りは買い取った薬草次第かなあと伸びをすると、背中がパキパキと鳴った。

「さて、そろそろ寝ようか」

『はーい！』

全員でとても大きなベッドに上がり、そのまま布団に潜り込む。雨上がりだからなのかいつも以上に寒く感じる。

風邪じゃなければいいなあと思っていると、従魔たちや眷属たちも寒かったみたいで、結局はもふもふパラダイスな環境でぐっすり眠ることができた。

第五章　想いは通じても、日常は変わらず

ダンジョンから帰ってきた翌日。

軽くご飯を食べ、拠点へ。玄関のところで待っていたエアハルトさんやアレクさんと一緒に、冒険者ギルドへと向かう。

ちなみに、アレクさんもナディさんと一緒に特別ダンジョンに潜って、二人で五階まで攻略してきたんだそうだ。二人でって凄いなあ。

「今度は『フライハイト』で、七階のボスを倒したいですね、エアハルト様」

「お、いいな、それ。そのうち行ってみよう」

今はナディさんのレベル上げ中とのことなので、もう少し上がったら四人と従魔たちで攻略してみようと話し合った。私は店があるから、行くとすれば冬になってからか、母と相談してからになりそう。

そんな話をしているうちにギルドに着いた。

朝一番だからなのか、掲示板の前は人がごったがえしている。

そんな人混みを脇目に依頼達成カウンターへ行くと、昨日のおっさん職員がカウンター内にいた。

「おはよう」

私たちも挨拶を返し、それぞれ持っている木札をカウンターに置く。

すると、職員が紙とジャラジャラと音がする袋を持ってきた。中身はお金だそうだ。

買取カウンターは利用したことがあるけど、このカウンターは初めてだから、いろいろと見ていて楽しい。まあ、お金を渡す方法はどこも一緒なので、代わり映えしないけど。

「お待たせしました。こちらが昨日買い取った金額だ。その内訳はこれな」

「ありがとう」

紙に書かれた達成品一覧と金額、そして一番下には合計金額が。

おお、かなりの金額になったよ！　これは帰る途中で商人ギルドに寄って、貯金してもらおう。

「また特別ダンジョンに行ったらたくさん頼む。欲しいという人間が多くてなあ……」

「ああ、わかった。もうしばらくしたら他にも七階を突破できるパーティーも出てくるだろうし、それまでの辛抱だな」

「そうだな。『フライハイト』と『アーミーズ』が持ってきてくれるだけでありがたいが、

『アーミーズ』は今、上級北ダンジョンに行ってるらしくてな」

「なるほど、それで依頼があれだけあったのか」

「そうなんだよ。余剰分もあったから本当に助かった！」

また頼むと言われて頷くと、すぐにその場をあとにする。

そして屋台で朝ご飯を食べてから商人ギルドに寄って、砂の発注をしたあとお金を預けた。

「砂の納品は五日ほどかかりますが、よろしいでしょうか」

「はい。それで大丈夫です」

「では、入荷しましたらご連絡をさしあげますね」

「よろしくお願いします」

キャメリーさんに発注をお願いし、待っててくれていたエアハルトさんやアレクさんと一緒に拠点まで戻り、私はそのまま家に向かった。

ちょうど両親が来たのでいつものように雑談をしながら紅茶を飲み、それぞれの仕事に向かう。

「今日も頑張りますか～。あ、そうだ。ママ、今ってライゾウさんもダンジョンに行ってるんですか？」

「ライゾウなら拠点にいるわ。傘とコートの依頼が殺到していて、ヒィヒィ言いながら作っているわよ？　そういえば、フロッグの皮が足りないともぼやいてたわね」

「おお、グッドタイミング！　昨日特別ダンジョンに行ってたんですけど、雷雨のおかげでフロッグが出たんです。皮を大量に持って帰ってきましたよ～」

「あら！　ライゾウが喜ぶわ。さっそく連絡してもいいかしら」

「お願いします」

ライゾウさんに連絡してくれるというのでお願いし、その間に開店準備。

空を見上げると、今日も暑くなりそうな陽射しが降り注いでいた。

母からの連絡を受け、お昼になるとライゾウさんが来た。フロッグの皮を取りに来てくれたそうだ。そのときにビニールハウスもどきを頼むと、快く引き受けてくれた。

「エアハルトさんも欲しいって言ってました」

「ああ、さっき本人が来て頼んでいった。優衣ちゃんが教えたんだってな」

「はい。エアハルトさんの実家の領地は王都よりも北にあるそうで、実験してみたいって言ってたんです」

「なるほどなあ」

冷えた緑茶を出し、母を交えて話をする。

大きさを確認したいから庭を見せてくれと言われたので案内し、どの部分の薬草に被せるのか説明した。それなりに広かったようで、ライゾウさんの顔が一瞬引きつる。

「ま、まあ畑よりはマシだな。フロッグの皮はなめして伸ばすことができるから、そんなに枚数はいらんな」

「そうなんですね。まあ、たまに特別ダンジョンに潜るので、もしまたフロッグが出たら採ってきますね」

「頼む。ヨシキたちにも頼んではいるが、今は北のダンジョンに行ってるしな。あと数枚で在庫がなくなるところだったから、本当に助かった」

「いえいえ」

ほくほく顔のライゾウさん。ギルドに余剰分を売ったとはいえさらに枚数があったからね～。私もビニールハウスもどきを作ってもらえるし、助かる。

「全部買い取っていいんだよな？」

「いいですよ～。冒険者ギルドに依頼とは別に買い取ってもらったので、そっちでも買えると思います」

「なに？　よし、これからギルドに行ってくるわ」

枚数を数えたライゾウさんが、その代金をくれる。そしてその足で冒険者ギルドに行くと言って出ていった。忙しない人だなあ。

まあ、それだけ注文が殺到しているってことなんだろう。

ライゾウさんには、ビニールハウスもどきは注文が落ち着いてからそのあとでいいと話した。冬に使うものだから急ぎじゃないしね。

エアハルトさんもライゾウさんにフロッグの皮を渡して、かなり大きいのを発注していったらしい。そんなに気になってたのか。

一度ガウティーノ領に行ってみたいな。話したら連れていってくれるかな。

行くまでにどれくらいの日数がかかるかわからないから、下手に計画できないなあ……

こういうとき、店を持っていると不便だなあって感じるけど、自活のためでもあるんだから疎かにできないし、私情を優先させたらダメだよね。

そこはきちんと弁えておかないと。

そんな決意も新たにして午後も開店です！

……と思ったら、今日はとても暇でした。

午前中はかなり冒険者が来てくれたけど、午後からはまだ一人も来ていない。

まあ、これはいつものことだし……と母や従魔、眷属たちと話していたら、妙に焦ったというかしょんぼりというか、とても複雑そうな顔をしたトビーさんが来た。

「いらっしゃいませ。今日はお一人ですか？」

「そうなのよ～。ちょっと個人的な相談にのってほしいの」

「どんな話ですか？　複雑な話なら奥に行きますか？」

「いいえ、誰もいないしここでいいわ。ミユキちゃんにも聞いてほしいもの」

母にも聞いてほしい話ってなんだろう？　まさか、恋愛関係？

エアハルトさんが初恋の私はお役に立てないなあ……なんて思っていたら、トビーさんが腰にあったポーチからなにかを取り出した。

おお、マジックバッグだったんだ！　じゃなくて……

「あれ……？　枝豆ですか？」

「よく知っているわね。ええ、そうよ」

「ダンジョンで採ってきたんですか？」

「違うわ。アタシの領地で栽培しているの」

「「アタシの領地？」」

え？　トビーさんって領主なの!?

母と一緒にそこに驚いていたら、「失礼ね！」と言われてしまった。

「「すみません……」」

「いいのよ。アタシも言ってなかったし。伯爵家の当主をしているんだけれど、領地の植物で、どうしてもこれだけ廃棄があるの」

「廃棄があるの？　なにかに使っているんじゃなくて？」

「確かに使っているけれど、ほとんどが家畜の餌としてなの。だけど、ダンジョンから枝豆が出て、それが食べられるって聞いて。もしかしたらうちの領地のもと思ってねぇ……」

「「あ～」」

特別ダンジョンの一階と五階、八階と九階ではビーンが出るんだけど、枝豆をドロップする緑のビーンは逃げ足が速くてなかなか倒せないのだ。

だけど、私の場合は従魔たちの足が速いから、逃げる前に倒せている。

どの色のビーンがなにを落とすのかギルドに情報を売っているし、たまに他の冒険者も狩ることができているようで、それが噂になったということだった。

「特別ダンジョンにいる緑色のビーンを倒すと、枝豆が出るんですよ」

「なるほど～。噂は本当だったのね～」

「はい。あ、茹でたのがありますよ。食べてみますか？　その間に、トビーさんが持っていたぶんを茹でてきますから」

「いいの？　是非食べたいわ！」

「いいですよ。ちょっと待っててくださいね」

母に店番をお願いし、二階に行って冷蔵庫もどきから茹でた枝豆を持ってくる。

カウンターに出して、みんなで試食。

そして、一階のキッチンでトビーさんから預かった枝豆を茹で、軽く塩を振って試食。

トビーさんの領地のものとダンジョンのものとは、見た目は変わらないけど、味は全然違った。トビーさんの領地のもののほうが格段に上で、とっても美味しい枝豆だ。

「あら……こんなに美味しいの⁉」

「そうなの。ワインやエールにも合うわよ？」

「本当⁉　ミユキちゃん！」

「ええ。この国は輸入していないみたいだけれど、ドラールで作っているビールってお酒との相性も抜群よ？　あと、最近入ってきた東大陸のお酒とも」

「なんですって⁉」

母の話にトビーさんが食いつく。

「トビーさん、枝豆ってこの時期だけ栽培されているんですか？」

「いいえ。家畜の餌でもあるから、冬は温室で育てているわ」

「そうなんですね。なら、これをどこかのお店に出しませんか？　できれば、ハンスさんのお店に」

「え……？　ハンスのお店に？」

「はい。もちろん要望があれば他のお店にも」

私の提案を聞いて、なにか考えるように腕を組むトビーさん。

「どれくらいの量が出るかしら」

「さあ……。それはハンスさんに聞いてみないとわかりません。枝豆はあまり出回らないものなので、期間限定品としてまだ一回しか出していませんし」

「そうよね。……あとでお店に行って聞いてみようかしら」

「そのほうがいいんじゃないですか？　行くならタクミと一緒にわたしも行くわよ？」

「え？　いいの？」

「もちろん」

不安そうな顔をしたトビーさん……一緒に行くと母が提案すると、パアッと笑みを浮かべた。やっぱり不安だったんだね。

「よかったわ〜！　確認してからになるけれど、廃棄がなくなると領民も助かるわ」

ようやく落ち着いたのか、トビーさんは思いっきり息をつく。

「餌に使うと言っても限界があるものね」

「そうなのよ～。たまに不作の年があるから乾燥したものや種を備蓄しているけれど、それでも一部は廃棄していたの。食べられるのであれば廃棄しないで済むし、領民の食事も豊かになるわ」

「おやつとして食べても美味しいですしね」

「そうね。うちの領地は塩も安いから、助かるわ」

トビーさんの領地は塩が安いのか。

どうやら、ダンジョンから塩が出るんだって。おおう……まさか、塩までダンジョン産だとは思わなかった。

もちろん、ダンジョン産だけではなく海がある領地や国でも塩を作っている。

そういうのもあってこの世界の塩は安い。小さな麻袋がだいたい一キロくらいなんだけど、それが銅貨五枚で売られているのだ。五十エンで買えるって安いよね。

だからこそ、料理は塩味だけなのが多いともいう。

そんな塩の事情はともかく、トビーさんは話しながらもダンジョン産のと比べるように、自分の領地の枝豆を食べている。もちろん私や母も。

私はトビーさんの領地のほうが好きだな。個人的にも買いたい。

「トビーさん、私にも売ってほしいです」

「いいわよ～。今度来るときに持ってくるわね」

「ありがとうございます！」

どれくらい欲しいのか聞かれたので、素直に「大きな麻袋で二十袋欲しい」と答えるとすんごい驚いた顔をされたけど、従魔や眷属たちの数が多いことを話すと納得してくれた。

それに加えて定期的に欲しいことも話すと、快く頷いてくれたトビーさん。

「リンちゃんが発見したんですってね、枝豆の食べ方って。あとハマヤキだったかしら」

「なんでそれを知ってるんですか？」

「冒険者が教えてくれたのよ～。塩が出るダンジョンで魚介類が出るんだけれど、どうやって食べていいか、わからないものもあってね。バーベキューコンロと一緒に食べ方が伝わってきたから、領民の食事も豊かになってきたの。だから、ありがとう」

「……いえいえ」

「あらあら、照れちゃって～！　可愛いわね、アンタって」

いい子いい子と頭を撫でられ、余計に照れてしまう。

というか、どこまで広がっているんだろう……バーベキューコンロと浜焼きって。冒険者はあちこちに移動して活動するから仕方ないとはいえ、なんだか恐ろしいことになってそうだよ……

ま、まあなるようにしかならないかあ、と諦める。

トビーさんに枝豆をご飯に入れて食べてもいいと話すと、「試してみるわ！」とほくほく顔で帰っていった。

一ヶ月後。

母に聞いたところによると、ハンスさんもトビーさんの領地の枝豆を気に入って、定期的に購入することになったそうだ。量はしばらくお店に出してみないとわからないそうだけど、それでも廃棄する量が減るくらいの量の購入が決定したんだって。

保存も冷凍すればいいじゃないかとライゾウさんが大型の冷凍庫をいくつも作り、トビーさんの領地に納品。餌用に乾燥させたものとは別に冷凍保存ができるようになったことで、廃棄がなくなったそうだ。

もちろん、領民もおやつやお酒のお供として食べ始めたそうなんだけど、枝豆ご飯の普及にはもうちょっとかかるみたい。

そして冒険者が噂をしてそこからドラール国への輸出が決まり、数年後には廃棄どころかさらに栽培を拡大することになったのだけど、今は知る由もない。


なんだかんだと八月も過ぎ、九月半ばになった。

相変わらず残暑は厳しいけど、日本と違って湿気がないだけありがたい。

そこでふと思う。

異世界に来てからこれまでいろんな人と出会って別れた。

異なる価値観を持ち、異なる身分制度や生活様式を持つ世界……大変なこともあったけど、私もこの世界に来たときより成長したよなあと感じることもしばしば。

もちろん成長していないところもあるが、その部分は両親だったり『フライハイト』や『アーミーズ』のみなさん、知り合った人たちが補ってくれているんだなあ……とも思っている。

あっという間に時間が過ぎていったし、なにも変わっていないような気でいたけど、私もみんなもどんどん変わっていってるんだよね。

グレイさんとユーリアさんも、ハンスさんだって……

それに、エアハルトさんともこんな関係になるだなんて、思ってもいなかった！

なんだか感慨深い！

そんなこんなで、九月半ばになるまでトラブルもなく。

のんびりと過ごし、たまにエアハルトさんと食事デートをしたり、『フライハイト』のメンバー全員で一日だけダンジョンに潜ったりもした。

今年は早めに冬支度をしたいなあ。

去年はなにもわからなくて慌てて準備したから、今年は余裕を持って行動したい。

そんな話をしたら、『フライハイト』のメンバー全員で王都の北にある森に倒木拾いに行こうということになった。

もちろんお弁当も作ったし、森でスープを作れるよう材料も用意した。

まだ薬草もあるだろうし、キノコが最盛期だから、それらも採取予定だ。栗はあるかな？　あったらそれも採ってこよう。あと、従魔たちと眷属たちが大好きなユーレモも。

ユーレモは一年中花が咲く不思議な樹木だから、全部採らなければあとから来る人も採れるしね。

てなわけで北の森に出発です。

「リン、わたくしにも、薬草とキノコを教えてくださるかしら。森のものは初めてですの」

ウキウキした様子のナディさん。

「いいですよ」

森に着き、さっそくナディさんの近くにあった赤と青のキノコ、そして食用にもなるしめじに似たキノコを教える。

そして近くにあったレモンバームも。

「まあ……この綺麗な花が薬草なのですね。この赤と青のキノコはなにに使うんですの？」

「そのキノコは風邪薬の材料です。まだ早いですけど、そろそろ薬を作らないといけない時期ですから、採取していきますか？」

「まあ、これがそうなのね！」

「そうだな……採取したほうがいいかもな」

「毎年のことですし、ギルドの掲示板にも貼られていた気がします」

「ありましたわ、アレク様。でしたら、たくさん採取していきましょう」

「そうするか！」

初めて見た森での薬草やキノコに、輝く笑みで頷くナディさん。その笑顔や楽しそうに採取する姿から、グレイさんやユーリアさんを思い出す。

懐かしいなあ。元気かなあ。そのうちお手紙でも書いてみようかな。

きっと忙しく過ごしているだろうから、お菓子と一緒に送ってみよう。

実は、グレイさんたちから、手紙を直接送れる魔法陣が書かれた布をもらっている。

魔法陣の中に入る大きさならば、どんなに重いものでも送れるんだって。凄いよね。

なので、今度タルトかパイを作って手紙と一緒に送ってみよう。喜んでくれるといいな。

「リン、これはなんですの？」

「それは食用のキノコですね。薬用ではないですけど、炒めてよし、焼いてよし、ご飯に入れてよしなキノコですよ〜」

「まあ！　これも採っていきましょう！」

「はは！　慌てるなって、ナディ」

「そうでございますよ？　これから奥に行けばまだございますから」

嬉々として全部採ろうとするナディさんを慌てて止め、これから来る人のために全部は採らないように話す、エアハルトさんとアレクさん。

まだ森の浅い部分だし、この一帯は王都に住んでいる一般の人も採りに来る場所でもあるからね。

それをきちんと説明するとナディさんもわかってくれたようで、頷いていた。

薬草やキノコ、果物を少しずつ採取していると、ホーンディアが飛び出してきた。それをサッと避けて首を斬るナディさん。鮮やかな剣捌き(けんさば)きだ。

ナディさんが持っている武器は、ユーリアさんと同じ細身の剣。サーベルだったかな？

「それは僕が解体しましょう」

「ありがとうございます、アレク様」

イチャイチャし始めるアレクさんとナディさんを羨ましいなあ……なんて見ていたら、エアハルトさんが側に寄ってきて頭を撫でてくれる。

「あとで俺も解体してやるから。料理も手伝うぞ？」

「はい！　ありがとうございます」

二人で料理もいいな！　なんて考えているうちに解体が終わったようで、アレクさんがお肉や素材になるものをマジックバッグにしまっていた。そろそろ奥に近づいてきたので、みんな警戒して森の中を進んでいく。

〈リン、マタ栗ノ木ガアッタ。コノ子ガ見ツケタ〉

〈シュー、シュシュ！〉

「お～、えらい！　どこにあったの？」

〈コッチ！〉

〈シュー！〉

エアハルトさんの従魔になった蜘蛛が栗を見つけたそうで、スミレと一緒に案内してくれる。

ちなみに蜘蛛の子どもたちはまだ言葉が喋れないらしい。

意思の疎通はなんとなくできているし、もう少しで話せそうだとエアハルトさんとアレクさんが言っていた。

そして栗と聞いてエアハルトさんとアレクさんが期待したように見ている。ナディさんはなんのことかわからないようで、不思議そうに首を傾げている。

「栗という木の実なんです。お菓子にもご飯にもなるものなんですよ」

「まあ、そうなのですね！　どのようなものかしら？」

「それは見てのお楽しみ、ってことで！」

エアハルトさんとアレクさんは栗自体は見ていても、イガは見てないからね～。

三人してわくわくしたような顔をしてスミレたちのあとをついていくと、たくさんイガが落ちている場所に出た。

「これが栗なんです。中に入っている実を拾うんですけど……」

去年グレイさんたちに教えたように、転がっている棒と足を使ってほじくり返し、栗を転がす。それを見た三人が真似をしだした。

「全部は採るなよ？　動物や魔物の餌がなくなるからな」

「わかりましたわ」

「畑にこられても困りますしね」

「ああ」

去年私が伝えたことを覚えていたんだろう――エアハルトさんが注意してくれた。助かります。

四人で小さな麻袋五つぶんほど採ったけど、まだたくさんあった。あと一袋ぶんだけ採取したらこの場所では採らないことにして、またキノコや薬草、野草を採取しつつ奥へと向かう。

すると、みんなの従魔たちや眷属たちがいきなり警戒しだした。

そこに飛び出してきたのはとても大きなブラウンボアと、それを追いかけてきたレッドベア。

「連携訓練の通りに！」

「「「はいっ！」」」

冒険者ギルドやダンジョンの浅い階層で訓練をしたので、それに従って戦闘態勢になる。

まずは私の従魔たちが足止めとして魔法を使い、それに続くように他の従魔たちや眷属たちが魔法を放つ。

足止めに成功すれば、私たちの攻撃だ。

アレクさんとナディさんがまずはブラウンボアに攻撃して首を落とすと、エアハルトさんがレッドベアの首を攻撃する。一撃で斬り落とせなかったら私が大鎌で攻撃。

ダンジョンの魔物よりも弱いからか、あっという間に戦闘が終わった。

しばらく警戒していたけど、血の匂いにつられて他の魔物たちが寄ってくることもなく。さっさと解体して、必要ない内臓などは穴を掘って埋めた。

「魔物たちも冬支度をしているのかしら」

「そうかもしれませんね」

「だとすると、今年は冬の訪れが早いかもな」

「そうなんですか？」

「ああ。まだ九月の半ばなのに、レッドベアがブラウンボアを追いかけているのがその証拠だ」

エアハルトさんたちによると、本来は十月に入ってから冬支度をする魔物が多いという。レッドベアがその代表例だ。

だけどまだ九月の半ばだというのにレッドベアの動きが活発だということは、早い段階で雪が降る可能性が高いんだって。

森の魔物たちは、季節に敏感だそうだ。

木の実はまだたくさんあるけど、よく見ると齧ったような跡やキノコを掘り返したような爪あとがある。食べるのは人間だけじゃないって証拠だよね。

〈他にはいないようだが、警戒したほうがいいだろう〉

「確かに。ロキたちはどうする？　森の中に行ってくる？」

〈そうだな。分かれて確認をしてこよう〉

「頼む。俺たちの従魔も連れていっていいぞ」

「僕もいいですよ」

「わたくしもですわ」

〈承知〉

私も含めた全員の従魔や眷属たちが、四つのグループに分かれる。

それぞれ東西南北に分かれ、森の状況を確認してくるそうだ。

エアハルトさんたちがいるとはいえ、なにがあるかわからない。

なので、私の護衛と、さっきみたいなことがあってもいいように、足止め要員としてロックとラズが残った。

レベルが一番高い私の従魔たちを中心に、三人の従魔たちがそれぞれ分かれていったから、もしかしたらレベル上げも兼ねているんだろう。

本当に面倒見がいいからね、ロキたちは。

「あまり動くと危険だな。ここで休憩するか」

「そうですね」

「バーベキューコンロと簡易竈（かまど）を持ってきたので、それでなにか作りますね」

「手伝うぞ、リン」

「ありがとうございます」

アレクさんとナディさんが敷物を敷いたりお茶の準備をしてくれて、私とエアハルトさんでスープの用意。準備が終わってスープが出来上がるころ、従魔たちが戻ってきた。

〈ブラウンボアを五体狩ってきたぞ〉

〈こっちはレッドベア五体にゃ〉

〈こっちはフォレストウルフの群れにゃ〉

〈スミレタチハびっぐほーんでぃあガ四体〉

「おおう……。ず、ずいぶんたくさん狩ったね」

それぞれがマジックボックスを使えるとはいえ、どれだけ狩ってきたんだろう？

というか、短時間でそれだけ狩ったことに驚いたよ、私は。もちろん、エアハルトさんとアレクさん、ナディさんも顔を引きつらせている。

「はあ……さすがはリンの従魔たちと眷属たちだよな……」

「そうですね……」

「規格外とは聞いておりましたけれど……」

どこか呆れたような視線を向けたメンバーたちだったけど、自分たちの従魔も交じっていることから、それ以上のことは言わなかった。

解体はご飯を食べてからにして、全員で食事スタート。

今日のお弁当はおにぎりとサンドイッチなど片手で食べられるものを中心に作ってきた。おかずも定番のものばかりなので割愛。

和気藹々（わきあいあい）としながらご飯を食べ、紅茶を飲んで人心地ついたら従魔たちが狩ってきた魔物を解体する。

私は解体ができないから触らなかったけど、習ったほうがいいのかなあ。

「無理して解体する必要はありませんわよ、リン。貴女は薬師なんですもの」

「そうでございますよ、リン」

「俺たちがいるときは任せておけって」

「ありがとうございます。そうさせていただきますね」

慣れないことをして怪我をしたら困るだろうと言われてしまえば、ぐうの音も出ない。なので、そこは全部お任せにした。

だってみなさんの手際がいいから、あっという間に終わったんだもん！

凄いなあ。こういうところは本当に尊敬する。

あと、この世界に来たときは血を見るのもダメだったのに、今は平気で見られるようになった私の神経も大概だなあって思う。

まあ、それだけこの世界に馴染んで、成長したってことなんだろう。

解体が終わったあと、またキノコや薬草、栗や山菜と野草を採取しつつ、倒木も一緒に拾っていく。木は自然に倒れたものしか採ってないよ。

一日経てば生えてくるダンジョンと違い、外の森では樹木を伐る本数が決まっているそうで、樵（きこり）じゃないと伐採してはいけないんだって。伐採したあとは植樹もしているそうだ。

だから、勝手に伐ると罰せられるんだって。なるほど～。

そんな話をしているとたくさん倒木が集まった。

それを私が【風魔法】で薪サイズの大きさに切り刻み、五等分する。それぞれ拠点の室内にある暖炉に使うからだ。もちろんララさんのぶんもある。

あとは個人的に集めたり買ったりすればいいので、準備としては申し分ないらしい。

「よし、準備段階としてはこんなものだな」

「そうですね」

「また後日、西か東の森で倒木を拾いたいですわ」

「そうだな。また来よう」

早めに冬がきそうな気配に、私たちだけじゃなくて魔物や冒険者、王都の人たちも薪や倒木集めに必死だ。まあ、炭も薪も売られるしダンジョンでも採れるんだけどね。

雪が降るまでにまだ二ヶ月以上あるから、それまでに少しずつ集めればいいのだ。

なんだかんだ採取したり倒木を拾ったりしながら話していると、時間はあっという間に過ぎていく。そろそろ陽が暮れる時間になるからと、早めに切り上げて森を抜ける。

帰りにフォレストウルフの群れに襲われたけど難なく倒し、さっさと解体して王都に戻ってきた。

その足で冒険者ギルドに行って不必要な素材を売る。お金はパーティー用の資金に回すことに。

冬になると長期の休みがあるから、そのときその資金を使ってダンジョンに潜ろうという計画らしい。

「そのときは、リンも一緒に行きますわよ！」

「はい！　楽しみにしてますね！」

売った素材は毛皮や角、牙やウルフのお肉などだ。ベア系とディア系の内臓は私がもらい、ボアやディアのお肉も一部を残して売った。

これらはダンジョンで採ったほうが実入りがいいし、基本的に外で狩った魔物は、たいていが冒険者ギルドに売ることが多いという。ギルドから商店や屋台をやっている人に流れていくんだって。

もちろんそれは商人ギルドも同じで、狩人を生業(なりわい)としている人は、冒険者ギルドよりも商人ギルドに持っていく人が多いらしい。分けているわけじゃないけど、なんとなく職業や人によって、持っていくギルドを決めているみたい。

なんだか面白いよね。

パーティー用に貯金したあと、その足で商店に向かう。

今日は栗をたくさん拾ったし、キノコも採れた。なのでそれらを使いご飯を作るのだ。

商店に寄ったのは足りない材料を買って帰るためだった。そろそろお米がなくなってきたから、それも買い足すつもりでいる。

人数分の食材を買うとかなりの量になったけど、そこは全員マジックバッグを持っているから、手分けして拠点に持って帰ってきた。

そして料理の準備だけど、栗の皮剥きは今回も五匹になったラズたちが大活躍でした！

あ、そうだ。グレイさんの領地にあるかどうかわからないし、栗を少し送ろうかな。

あと、モンブランを作ったり栗おこわにしたり。

さすがに今日モンブランを作ろうとは思わないけど、栗おこわはたくさん作る予定だから、それを少しよけておいてグレイさんたちに送ろうっと。

そんなことを考えながら作業を進める。栗おこわを作ったりパウンドケーキを作ったり。他にもキノコや山菜のおこわと、ボアのお肉の生姜焼きや山賊焼きなどいろいろ作ってみた。

もちろん、エアハルトさんたちメンバーも手伝ってくれたよ～。

ということで、実食です。

「まあ……。この栗という木の実がほくほくして美味しいですわ！　それに甘みもあって」

「去年も食べたが、本当に美味いな」

「左様でございますね」

「まあ、エアハルト兄様もアレク様もずるいですわ！」

「まあまあ。また採りに行ったら作りますから」

「本当ね？　絶対よ、リン」

「はい」

栗おこわが気に入ったらしいナディさん。上品に手を運びながらもパクパクと食べている。他のメンバーやそれぞれの従魔たちや眷属たち、ララさんも美味しそうに食べている。

そういえばルルさんはハンスさんと結婚したけど、ララさんにはそういった人はいないのかな。なんて考えていたら、エアハルトさんが話題をふっていた。

「そういえば、ララももうじき婚姻だな」

「はい。今二人で家を探しているのですが、なかなかいい場所がなくて……」

「相手次第になるが……ここに住むか？」

「よろしいのですか？」

「ああ。ハンスのところで料理修業もしているんだろう？」

「はい」

おお、ララさんももうじき結婚するのか〜。

話を聞くと、ララさんのお相手は、ハンスさんの店で修業している料理人なんだって。

その人もいずれは店を持ちたいと考えていて、料理の勉強をしているそうだ。

二人とも働いているから家を購入したり借りたりする資金には問題ないけど、その肝心の家がなかなか見つからないという。

なので、エアハルトさんが提案してくれたみたい。

部屋も余ってるもんね、拠点は。

「ここなら料理の勉強もできるし、ハンスのように資金を貯めることもできる。家賃の代わりと言っちゃなんだが、ララは今まで通り拠点の掃除などをしてもらって、彼には普段の朝食と、休みのときは朝食と夕食を作ってくれればそれでいい」

「え……それだけでよろしいのですか？」

「ああ。作ることも勉強のうちだろ？　二人で話し合って決めてくれていい」

「ありがとうございます！」

凄いなあ、エアハルトさんって。きっとこういうところが使用人たちに慕われていたんだろう。

アレクさんとナディさんも同じく家を探していたところだったらしく、エアハルトさんは二人にも同じ提案をしている。

「いいのですか？　エアハルト兄様」

「ご迷惑なのでは……」

「問題ない」

「「ありがとうございます！」」

顔を見合わせたアレクさんとナディさんが、エアハルトさんにお礼を伝える。

本当に嬉しそうな顔をしていて、どの部屋がいいとか家具はどうしようと話している。

私も一緒に住みたいなあ……って思ったけど、裏庭が繋がっているだけでも充分だよね。だって、従魔たちと眷属たちの数を考えたら、今のような生活スタイルのほうがいいと思うし。

それに今は付き合っているけど、この先どうなるかなんて誰にもわからない。もしかしたら別れちゃうかもしれないから。

そのときはきっと泣くだろうけど、なるようにしかならないよね……なんて思いながら、みんなとのお喋りを楽しんで、家に帰ってきた。

そういえば、食事中従魔たちが静かだなあと思ったら、ご飯が美味しかったらしくて一心不乱に食べてたんだって。また作ってと言われたら、親バカを発揮しないわけにはいかないじゃない？

なので、今度も頑張って作ろうと思う。

お風呂に入って、グレイさんたち用にとっておいた栗おこわとキノコと山菜おこわをおにぎりにする。そして手紙と共にグレイさん宛てに送った。

もちろん、生の栗も添えてある。おこわは夜食として食べてくれるといいなあ。

簡単にポーションを作ったあと、みんなで布団に潜り込みさっさと寝る。

とても楽しい一日でした！

翌日のお昼、グレイさんとユーリアさんの連名で手紙がきた。

なんだろうと開けてみると、昨日のおにぎりと栗のお礼が書かれていた。

料理人や側近、一部の使用人に食べさせたところ気に入ってくれて、渡した栗で栗おこわを作ったんだって。それから去年栗拾いしたことを思い出しながら御屋敷の近くにある森を散策したところ栗の木があったそうで、半分ほど拾ってきたらしい。

なので、もし他にレシピを知っていたら報酬を渡すから教えてほしいとのことだった。

二人とも元気そうでよかった！

「うーん、レシピかあ。ママ、おこわとモンブラン、パウンドケーキと栗きんとん以外でなにか知ってますか？」

「そうね……渋皮煮や甘露煮、蒸しパンやロールケーキはどうかしら。茶巾もいいわね」

「わ～！　美味しそう！」

さすがは母だ。私だと作れないものをよく知っている。

レシピだけ渡してもどんな色や形になるとか味がわからないだろうから、昨日みたいに実物を送ってあげよう。

母に教わりながら作ってグレイさんたちと『フライハイト』、そして『アーミーズ』に渡すことにした。

他にも隣近所に配ろうかな。何気に甘いものが好きなんだよね、ゴルドさんと道具屋のお姉さんが。

なので、また森に行ったときに様子を見ながら栗を採ってきて、いろいろと作るつもりでいる。レシピを教えてもらうために母に今日は泊まってもらうことにした。

「じゃあ布団を取りに行ってくるわね」

「予備の布団がありますよ？」

「かもしれないけれど、大きさが違うと思うわよ?」

「あ～……」

そうだった。ドラゴン族は魔神族よりも体格がいいんだった。常に一緒にいるから忘れてたよ～。

そんなこんなでお昼休みの間に布団を取りに行った母は、父とリョウくんのぶんも持ってきた。リョウくんはお泊まりがわかったみたいで、ご機嫌な様子だ。

そんなリョウくんだけど、どうやら彼も転生者っぽいらしい。

父いわく、一緒にいると医療器具に反応して、わざと「どこにあったかな～」というと、パタパタと足音をさせてその場所を教えるという。

先生たちの長男である諒さんも医者だったから、もしかしたら彼かもしれないと疑っているんだって。だから、話せるようになったらいろいろと聞いてみたいと言っている。

諒先生も施設に来て診てくれたんだよね。みんなのお兄さん的な役割で、いろいろ教えてくれた。とても優しい人だったのを覚えている。

私とは確か二十離れていたはずだし、まだ生きてるんじゃないのかなあ……と思ったけど、時間軸が違うって神様たちが言っていた。

だから、なにかしたのかもね、アントス様が。

また殴られなきゃいいけど……と若干心配しつつ、午後も店を頑張った。

そして夜になると母と一緒に栗料理を作りながらレシピを書き、料理と手紙を添えてグレイさんたちに送った。


次の日、大量のお金とお礼の手紙がきた。あと牛乳とチーズ、生クリームも。

次々にくるから、最後には笑ってしまったよ～。

お金の半分は母に渡したよ。母が教えてくれたレシピがほとんどだからね。


そんなこんなで数日後。今日も今日とて開店です。

なぜか今日は冒険者たちが落ち着かないというか、ちらちらと私のほうを見てるんだよね。

なにかしたっけ？

特になにかした覚えもないし、やらかした覚えもない。

なんだろう？　と思っていたら、ポーションを買いに来たスヴェンさんが一言。

「リンはエアハルトと付き合い始めたんだって？」

「へ……!?　な、なんで知ってるんですか!?」

「ほう……？　カマをかけただけなのに、本当なんだ」

「リンちゃん、意外と素直だよな」

「きゃーーー!!」

　ニヤニヤ笑いながらからかうスヴェンさん。他にも同じようにからかう人やガッカリしている人がいる。ん？　なんでガッカリしている人がいるんだろう？

　というか、カマに引っかかる私って……単純すぎる！

「どうしてわかったんですか？」

「ん？　最近、エアハルトと一緒に出かけることが多かっただろ？　しかも、手を繋いだりして歩いていたし」

「うっ……」

「一緒にいる二人はとても幸せそうというか楽しそうに笑っていたしな」

「特にリンちゃんが」

「うう……っ」

　バレバレじゃん、私って！

「それに、最近綺麗になったなあって思ってたんだよ」

「降参です！」

「ははは っ！　照れるなって」

ヒューヒューって声や口笛を鳴らして囃し立てる冒険者たち。

いや、さすがにそれは照れるんだけど！

その後、いつから付き合っているのかや、いつから好きだったのかなど……なんとか誤魔化しながらも少しだけ話をした。

さすがに勝手に全部話すわけにはいかないというか、母にまで生温い視線をもらって、恥ずかしかったのもある。

「あれ？　みんなしてどうしたんだ？」

「いいところに来た、エアハルト！　リンと付き合ってるんだって？」

「ああ、付き合っている」

「「「「おお～！」」」」

そこにエアハルトさんが来てしまって、冒険者たちがからかい始める。

だけどエアハルトさんは堂々としたもので、きっぱりと肯定していた。

……うん、カッコいいです！

にへら～って笑ってしまったらしく、さらにからかわれたけど、エアハルトさんが「羨ましいだろう？」と一言。

その言葉に全員絶句したあと、溜息をついていた冒険者のみなさん。

なんというか、からかい甲斐がなくて呆れたというか悔しいというか、そんな感じの溜息だった。

その後、エアハルトさんがポーションを買って店を出ると、他の人もそれぞれ目的を思い出したようだった。

「幸せになれよ～」って言葉は一緒なんだけど、笑顔の人と涙目になっている人がいるのはなんでだろう？　それを母に聞いてみたら……

「鈍いとは思っていたけれど、想像以上に鈍かったわ……」

「どういう意味ですか！」

「そのままの意味よ？　まあ今さら言ったところで相手が変わるわけじゃないから、貴女はそのままでいてね」

「よくわかりませんけど、そうします」

本当によくわからないことを言う母だなあと首を傾げつつ、次々にやってくる冒険者と話したりしながら営業をした。

閉店作業をして両親と別れたあとは、従魔たちと戯れ、ポーションを作ってからご飯にする。

最近はハイパー系がよく出るから、それを多めに作った。

神酒（ソーマ）は一日に五本出ればいいほうかな？

それだけ酷い怪我をする人が少なくなっていて、ハイ系やハイパー系で間に合っているということなんだろう。

ハイ系も、私が来る前よりも出回っているそうで、それ故にうちで買う人も減っている。

まあ、私と他の薬師だとレベル差があるから、念のために私のところで効能が高いものを買っていくという冒険者は多いみたいだけどね。

「よし。お待たせ！　これからご飯にするね。なにが食べたい？」

《魚介類と野菜！》

「わかった。じゃあ、庭で網焼きにしようか」

やったー！　と叫ぶ従魔たちと眷属たちが可愛くて悶える！

一階にあるキッチンで準備をしていると、エアハルトさんとアレクさん、ナディさんが顔を出した。

「リン、これから食事にでも……って、なにか用意していたのか？」

「はい。従魔たちと眷属たちのリクエストで、網焼きをしようと思って」

「まあ、網焼きですの？　わたくしも食べたいですわ！」

「僕も。リン、いいでしょうか」

「俺も食べたい」

「いいですよ〜。じゃあ、準備を手伝ってください」

最近は外に出て四人で食事ということもなかったから、これはこれで楽しい！

みんなであれこれ話をしながら準備して、庭にバーベキューコンロを出す。食材が足りないと困るからと、拠点からお肉も持ってきたエアハルトさんについ笑ってしまった。

網焼きというよりもバーベキューだね。

交代で焼いたり食べたりしながら、二週間後に西の森へ倒木を拾いに行こうという話になり、頷く。

みんなは明日から特別ダンジョンに潜って、ナディさんの七階のボス攻略を手伝うんだって。

そうすれば、人があまりいない八階や九階でレベル上げができるから。

「おお、もうそこまで行ったんですね！　凄いです！」

「わたくしはまだまだですわ。でも、頑張って七階のボスを攻略してきますわね」

「朗報をお待ちしていますね」

「ありがとう。そうしたら、リンと一緒に八階に行きたいですわね。あと北の上級ダンジョンや西の上級ダンジョンも」

「そのときは是非！」

冬の長い休みは上級ダンジョンに潜ったり、グレイさんからもし招待状がきたらそこに行こうと話す。今年の冬はどうなるのかな。

日本にいたときよりも寒いけど、今から楽しみ！


そろそろ収穫祭が近づき、秋の気配もだいぶ深まってきたとある日。

遠くの村で風邪をひいた人が現れたと噂が流れてくる。

冒険者から話を聞いていると、ローマンさんとトビーさんがひょっこり顔を出した。

いつも以上に真剣な顔をしているから、なにかあったのかと不安になる。

「リンちゃん、話があるんだが、時間をもらえるかな」

「わかりました。こちらにどうぞ」

「「ありがとう」」

「ママ、ちょっとだけ店をお願いします」

「わかったわ」

騎士二人を伴って奥へと入り、席についてもらう。今日は少し肌寒いからチャイを二人に出した。

まだちょっとだけ早いけど、夕方になると一気に寒くなるので、念のため暖炉に火を入れる。

「チャイか。美味しい」

「本当に。体が温まるわね」

「ありがとうございます」

バナナのパウンドケーキも一緒に出し、話を聞く。

「もう噂になっているようだけど、風邪の件なんだ」

「王宮医師からの依頼で、風邪薬と解熱剤の作成を頼むわね」

「わかりました。母にも伝えますか？」

「交代してくれればこちらで話すよ」

「はい」

簡単に話したあと、正式な形で依頼を請けた。納品時期と数量を教えてもらい、母と交代する。数量は去年よりも多くなっていた。

理由を聞くと、引退したり亡くなったりした薬師や医師がいて、その人たちのぶんが上乗せされているからなんだって。なるほど～。

その後、ローマンさんとトビーさんは真向かいにある父の診療所に向かっていった。きっと父にも依頼するんだろう。

「リン。今年は王宮からの支給の他に、タクミが作った薬も置いてくれないかしら」

「いいですよ。どれくらい出るかわかりませんしね」

「そうなの。去年は依頼でどれくらい作ったの？」

母に数を聞かれて答えると、「去年に比べて今年は多いのね」と小さく溜息をついていた。

これぱかりはしょうがない。

午前中はそんな感じで過ごし、お昼になったので一旦閉店する。

そしてご飯を食べているときに、父と風邪薬と解熱剤の話になった。

「優衣やミユキのところにも騎士が来たかい？」

「来たわ」

「来ました。去年よりも依頼数が多いから大変そうですね」

「そうか」

父は数が増えた理由を聞いていなかったらしく、私が理由を話すと納得した顔をしていた。ドラール国でも毎年数が違っていたそうなので、よくあることなんだろう。

あと国によって多少違うそうなんだけど、薬作りには王宮医師や王宮薬師が主だって参加しているんだって。

もちろん作る数は私たちに依頼している数よりも多いそうだ。

「へ～、そうなんですね！　パパの家でも同じだったんですか？」

「ああ。父や兄がたくさん作っていたよ」

風邪をひいた話が出た段階で早めに薬を作っていたそうだ。

それに追加分も作っていたらしい。

ただ、鍋ややかんの加湿器代わりのものやマスクを義務化してからは、明らかに必要な薬の数が減ったという。予防は大事だってことなんだね。

「この国の王宮でも、そろそろそういった話が出てくるんじゃないかな。こんなに早い段階で騎士が来たということは、きっとマスクの準備も一緒に進められているだろう」

「なるほど～」

さすがは医師である父だ。自分の実家や経験をもとに予測しているんだって。

まあ前世の記憶も持っている人だから、いろんな経験が活かせているんだろう。それは母も同じだったりする。凄いなあ。

話をしているうちに食事も終わったので、片付けてから庭へと行く。リョウくんも興と歩く。

味津々で、小さくなっている従魔たちや眷属たち、両親に見守られながら庭をてくてく

もうじき二歳になるリョウくんは、柴犬くらいの大きさだ。まだ人化できないからドラゴンの姿だけど、ぽてぽてと音をさせて歩く姿はとても可愛い。

五匹になったラズと一緒に雑草を抜いたり薬草を採取していると、リョウくんが側に寄ってきてじっと見てきた。心なしか目がキラキラと輝いているみたい。

「リョウくん、薬草に興味ありますか？」

「んぎゃう」

「そうなんですね。これが医師でも使う薬草で、カモミールといいます」

じーっと薬草を見るリョウくんに、医師が使う薬草を摘んで渡す。

カモミールは医師も薬師も使う薬草だし、花も可憐だから、たまに瓶に生けて店のカウンターに飾ったりしているのだ。

枯れたら乾燥させて使うことができるし、花びらはお茶として飲めるから、とても重宝している。

そんなカモミールを手渡されたリョウくんは、くんくんとその匂いを嗅いでいる。

その姿がなんとも可愛い！

「ぎゃう、あー」

「もうひとつ欲しいんですか？」

「ぎゃう」

小さな手をカモミールに伸ばしたので、あと二本切って渡す。さらに手を伸ばしたのでもう一本渡すと、それを持って目を細めた。

そして両親に一本ずつ手渡したあとで私にもくれるリョウくん。

どんな意味があるのかな？

「あー、おー、ぎゃうー」

「お揃いって言いたいのかい？　リョウ」

「あーい」

「「ありがとう」」

「きゃー♪」

だんだん言葉っぽいことを話し始めたリョウくんに、両親はもちろんのこと、私もほっこり。

こういう姿を見ていると、施設にいた小さな子たちのことを思い出す。

十八までしか施設にいられない規則というか法律があったから、卒業と同時に施設を出た私だけど、月に一回は必ずお土産や食料を持ってみんなの様子を見に行っていた。

みんな元気かな。元気だといいなあ。

『アーミーズ』のみなさんやハインツさんに出会ってしまったからなのか、こうしてたまに施設にいたときのことを思い出す。

誰にも引き取ってもらえなかったというしんどい思い出があると同時に、楽しい思い出もたくさんある。ハインツさんや手伝いに来てくれた商店街の人たち。それから両親がとても優しくしてくれたし……

どこかまだ、日本に未練があるのかなあ。

だけど、神様たちが『もう戻れない』と言っているし、死んだことになっている以上、どうにもならないんだけどね。

うーん……未練というよりも、東大陸から伝わった桜やお茶碗(ちゃわん)、お箸やお椀を見て買ったからなのか、日本にいたことを懐かしく感じてしまったのかもしれない。

そのうちまた、東大陸のお店に行ってみるのもいいかも。

楽しそうにしているリョウくんや両親を見て、こっそり息を吐く。せっかくこの世界に来て両親や弟ができたんだから、心配をかけてはいけない。

よし！　と気合いを入れ直し、ラズと一緒にまた庭のお世話をした。

そして午後の休憩も終わり、父とリョウくんは診療所へ、私と母は店番をする。

王国から風邪薬と解熱剤の依頼もあったことだし、そろそろ薪と暖炉、加湿器代わりのお鍋を用意しないとなあ、なんて考えていると、冒険者たちが顔を出し始めた。

「いらっしゃいませ」

「リンちゃん、薬草をたくさん持ってきたぞ！」

「わ〜！　ありがとうございます！」

「こっちはポーションの交換を頼むな」

「はい、わかりました！」

それぞれ、ダンジョンでどんな魔物と戦ったとか失敗談を話してくれる冒険者たち。面白おかしく話してくれるから、聞いていて私や母も笑ってしまう。

日本にいたらこんな生活はできていなかったよね、と少しだけ感傷に浸っていた気持ちが浮上してくるのがわかる。

〈リン、我らがいるにゃ〉

〈そうにゃ、みんな家族にゃ〉

「そうだね。ありがとう、レン、ソラ」

なんとなく私がおかしいと感じていたようで、レンとソラが慰めてくれる。

なんてダメな主人なんだろうなあ……と落ち込むけど、それはいつものことだ。

なので、これ以上心配をかけないようにお礼を言うと、レンとソラは嬉しそうに尻尾を揺らす。

ちょうど冒険者が途切れたこともあり、ついでにとばかりに二匹をもふりまくり、元気を分けてもらったのだった。

二週間後、『フライハイト』のメンバーや『アーミーズ』のメンバー全員で西の森に行く。

『アーミーズ』のメンバーたちには両親が言ったみたいで、一緒に倒木拾いと栗拾いをしたいと言ってきたのだ。

なので、大勢ではあるけどみんなでピクニック気分で来た。

お昼はバーベキューコンロを使ってバーベキュー！

なので材料は各自持ち寄り、その場で調理することに。

倒木や薬草、栗やキノコにユーレレモもついでに採る。

そしてひらけた場所に来たらそこを拠点にして、方々に散って栗拾いや倒木を採取することにした。

まずはお昼まで各自で行動し、お昼になったら集まってバーベキュー。和気藹々（わきあいあい）としながら好きな具材を焼いたりして食べた。

そのときに倒木を薪サイズにしたんだけど、ナディさんが「やりたい」と言ってきた。

ナディさんも四種類の魔法が使えるそうなんだけど、【風魔法】が苦手で、熟練度が上がっていないいんだって。

なので、熟練度を上げるためにもやりたいと言うので、頷いたのだ。

どれも同じ大きさにできたからなのか、ナディさんはとても満足そうにしていた。

それからまた三時ごろまで採取をしたりして拠点にした場所に集まり、そこから王都に戻る。

今回もフォレストウルフやビッグホーンディア、ブラウンボアなどに襲われたので戦った。

ダンジョンとは違い、襲われない限りはこっちから攻撃することはないので、まだ安心かな？　そんなこんなで自宅に戻ったあと、栗を使ったケーキやおこわ、山菜とキノコのおこわを作る。


翌日の朝、教会に行ってお祈りをしていると呼ばれたので、アントス様やアマテラス様、ツクヨミ様やスサノオ様たちにケーキやおこわを納めました。

お、お供えを、わ、忘れていたわけじゃないよ？

……ごめんなさい、すっかり忘れてました！　なのでお詫びも兼ねて直接手渡したのだ。

とても素敵な輝く笑みを浮かべて食べてくれたので、ホッと胸を撫で下ろす。

しばらく雑談をしてから地上に帰してもらうと、その足で露店や商会で買い物に。

途中、商人ギルドにも寄って砂の発注をすると、そのまま自宅に帰ってきた。

砂自体はまだあるけど、最近は早めに発注することにしている。そうすればお互いにあたふたしないで済むからね。

ギルドを出てそのまま自宅に帰り、開店準備と朝食を食べる。

風邪薬と解熱剤の依頼を何度かこなしながら日々を過ごしていると、あっという間に収穫祭の時期になった。今年も五日間のお休みがある。

店を出さないのかとエアハルトさんやアレクさん、ヨシキさんたちにも聞かれたけど、そんな面倒なことはしない。だって下手に効能の高いポーションを売ったら、出歩いているであろう貴族に見つかってトラブルになるかもしれないし。

そんなことを話すと納得してくれた。当然のことながら、料理を出すというのも却下した。

　私は薬師であって料理人ではないから。


　そんなこんなで、収穫祭当日。

「リン、今年はどこから回りたい？」

「そうですね……北からはどうですか？」

「よし、そうしようか」

　今年もエアハルトさんが案内してくれるというので頷く。

　今回の護衛はラズとスミレ、エアハルトさんは蜘蛛を連れてきていた。それぞれ肩にのせるとエアハルトさんが手を差し出してきたので、繋ぐ。

　付き合ってから一緒に出かけたときに手を繋ぐようになったけど、慣れないというか毎回照れてしまう。

　だけど嬉しくて、つい顔がにやけてしまう。

　スヴェンさんたちにそんな姿を見られてたと思うと恥ずかしいけど、嬉しいのは嬉しいんだからしょうがない。エアハルトさんも同じ気持ちでいてくれるといいな。

「じゃあ、辻馬車にのっていくか」

「はい！」

手を繋いだまま辻馬車乗り場まで行き、北地区に行く馬車にのる。辻馬車は中央に直接行く路線と、北回りと南回りがあって、目的地によってどれかにのればいいようになっているのだ。

それだけ広いんだよね、王都って。

だから、どうしても私が辻馬車を使うとなると、専ら中央地区に行くものになってしまう。

まあ、他の地区に行かなくても西地区や中央地区で揃ってしまうから、行く必要がないともいう。それは他の地区に住んでいる人にも言えることだ。

今年は別の大陸や国から来た人が屋台や露店をしているようで、服装や料理がとても華やかで美味しそう！

「なにから食べる？」

「どうしよう……すっごく迷ってます」

「ははっ！　なら、東大陸から来たという屋台を見てみるか？」

故郷に似ているんだろうとエアハルトさんに言われて、素直に頷く。

全部同じだとは思っていないけど、桜があったり日本酒や焼酎のようなお酒があったり、お箸やお茶碗などども含めて、とても似ているところがあるのだ。

味が同じかどうかも確かめてみたいし、服装も気になる。

なので、エアハルトさんが提案してくれた通りにその屋台に行くと、売られていたのはポルポ焼きというものだった。

見た目はまんまたこ焼き。

「おお～！　まん丸！　ポルポ焼きってどんなものなんですか？」

「いらっしゃい！　そうやなあ、ポルポって海のモンが入っているんや」

大阪弁で話すお兄さん二人につい涙が出そうになって、慌てて笑顔を作る。

たこ焼きに似たものが目の前にあって、しかも二人ともくるくるとまあるく形作りながら話しかけてくるものだから、社員旅行で行った大阪を思い出してしまったのだ。

「どんな見た目なんだ？」

「これなんやけど……」

彼らが見せてくれたものは、見紛うことなきタコ。

しかもかなり大きい！　茹でダコになっているから足が丸まっていて、真っ赤な色をしている。

ポルポはクラーケンやオクトパスなど、魔物とは違って動物に分類されるんだって。

なんならクラーケンやオクトパスも食べているというんだから驚きだ。

「うわ……凄いナリだな」

「そうなんや。エグい見た目やけど、美味いんやで？」

「せやで。とりあえず食うてくれへんか？」

「お兄さん、とりあえずひとつください！」

「「とりあえず？」」

「美味しかったらお土産にたくさん買いたいので！」

「ははは！　あんがとさん！　ほら」

経木(きょうぎ)を舟形にして、その中に六個入れてくれるお兄さん。かなり大きいから六個で充分だ。それなのにお値段三百エンとかなり安い。

お金を払い、誰も並んでいないのをいいことに、一個頬張る。ラズとスミレも欲しがっていたので、二匹にもあげた。

「……！　美味しい！」

〈ほんとに！　リン、ラズはもう一個欲しい！〉

〈スミレハマダアトデイイ〉

外はカリっとしてて中はふわとろ。大阪で食べたものにとても近い味だった。

そしてソースとマヨネーズ、かつおぶしと青のり。

きっちり再現されていて、久しぶりの味にちょっと泣いてしまい、エアハルトさんとお兄さんたちを慌てさせてしまった。

「ちょっ、お嬢ちゃんっ」

「なんぞ変なモンでも入っとったか？」

「あ、すみません！　故郷の味にとてもよく似ていて……。それに久しぶりに食べたから」

「……そうか。ほな、しっかり食べていき」

「そうやで？　滅多に食えんもんやしな」

「はい！　エアハルトさんも食べてみますか？」

「あ、ああ」

ポルポを見たあとだからドン引きしていたけど、竹串に刺して一個渡す。

「中は熱いで？　気いつけてな、兄ちゃん」

「ふうふうしながら食べるんや」

「ああ。……はふっ、ほっ、あつっ！　――っ、美味い！」

「「おおきに！」」

エアハルトさんが恐る恐る口に入れて食べていたけど、ポルポの食感が気に入ったのかもぐもぐしていて、飲み込んだあとで笑みを溢した。

うん、これは〝買い〟ですよ！

みんなのお土産のひとつに決定だ。そうと決まればさっそく注文する。

「お兄さん、お土産に二十個ください！」

私の言葉に、焼いていたお兄さんが驚いて固まった。

だって美味しいし、お留守番をしてくれている従魔たちや眷属たちに食べさせてあげたいし、私も食べたいし！

「に、二十個ぉ!?　どんだけ食べるんや、お嬢ちゃん！」

「普通、それひとつで腹いっぱいになるで!?」

「違います、私一人じゃないですよ？　家にたくさんの従魔たちがいるんです。彼らのお土産にしたいので。あと、それとは別にここで食べたいので、もうひとつください！」

「は……あははははは！　おおきに！　ちょい待っててぇな。すぐ作るさかい」

「はい！」

「あ、俺も五個欲しい」

「あいよっ！」

のんびり焼いていたお兄さんたちが、慌ててたこ焼きならぬポルポ焼きを作り始める。

その匂いにつられてか、ぼちぼちお客さんが並び始めた。

「他に回ってくるから、俺たちのはあとでいい。先に並んでいる人を優先してくれ。リンもそれでいいか？」

「ひとつだけ先にいただければ、それでいいですよ～」

「ええのんか？」

「すぐにできるで？」

「大丈夫だ。そうだな……一時間後くらいにまた来るから、そのときに頼む」

「「おおきに！」」

先にお金を払い、ひとつだけもらう。またあとで来るからと、ポルポ焼きの屋台をあとにする。

そして他にも焼きそばやお好み焼き、串焼きやカレー風味のスープ、りんご飴などを大量に買い込み、エアハルトさんに呆れた顔をされてしまった。

だってどれも懐かしいものばかりだったし食べたかったんだもん！

まあ、そんな顔をしたエアハルトさんも、お土産にと同じものを買っていた。

「お兄さん、取りに来ました」

「おお、待っとったでー」

「できたてほやほやで。あと、これはたくさん買うてくれたお礼や」

「わ～！　ありがとうございます！」

おまけだと三つも袋に入れてくれたお兄さん。紙袋に似た持ち手のある袋に、仕切りとして大きな笹の葉のようなものが入っていた。これがあると経木とポルポ焼きがくっつかないいんだって。

別添えでソースとマヨネーズ、かつおぶしと青のりも小さなガラス瓶に入れてくれていたから、葉っぱやポルポ焼きがべちゃべちゃになることもないと教えてくれた。

「これな、むかーし、うちらの大陸に来た渡り人が教えてくれてん」

「わいらのひいじいさまが教わったんやて」

「そうなんですか……」

「そうなんや。近いうちに各地区のどこかで店をやるつもりやから、そんときは来てな」

「はい！」

おお、お店を出すんだ！　これは買いに行かないとね！

お兄さんたちにお礼を言い、北地区から帰ることに。帰りもエアハルトさんと手を繋いで帰ってきた。

というか、今日はずっと手を繋ぎっぱなしだった。

夕飯はそのお土産で済ませて一日を終えた。

そんな感じで東西南北全部を回り、最終日は去年と同じ場所でパレードを眺める。

今年は結婚して臣下に下ったグレイさんと王女様がいなかったから、馬車はこぢんまりとしたものだった。そのぶん王太子様のお子さんが参加していて、小さな体を使って花を投げていた。

とても可愛かったです！

「よし、じゃあ帰るか」

エアハルトさんの言葉に全員で頷き、拠点に帰ってきた。

今日はララさんの婚約者がご飯を作ってくれるそうで、およばれされているのだ。

どんな料理が出てくるのかな？　楽しみ！

出された料理は、エビチリや麻婆豆腐と麻婆茄子、ナムルやビビンバとかそんな感じの料理だった。北大陸の南側から伝わってきた料理なんだって。

とっても美味しゅうございました。

収穫祭が終われば、いよいよ冬が訪れる。

今年は風邪の流行も含めて早く訪れそうだという話だから、準備も進めないといけない。

そのあたりはまた『フライハイト』のメンバーで話し合ったりしようと、エアハルトさんが言っている。

去年は温泉に行ってスタンピードに巻き込まれたけど、今年はどうなるのかな。

グレイさんたちから招待状がくるといいなあと思いつつ、冬支度を始めるのだった。

この数日後。アントス様からとんでもないことを言われるんだけど、このときの私は知る由もなかった。

書き下ろし番外編

まさかの再会（ハインツ視点）

儂(わし)は狼の獣人で、名はハインツ・クノール。伯爵家の当主ではあるが直系ではなく、婿養子だ。

妻は魔神族でクノール伯爵家の一人娘であったが、クノール家の親戚や縁戚に未婚や養子にもらえるような男児がいなかった。そのため、義父殿は妻を総領娘と決め、婿養子を取ることで家の存続を図ったのだ。

その婿として選ばれたのが儂(わし)だ。

今では後継者となる息子と娘、孫にも恵まれ、幸せな婚姻をしたと自負している。

そんな儂(わし)であるが、たったひとつだけ、実家を含めた家族にすら秘密にしていることがある。それは、転生者であるということだ。

ドラール国には多くの転生者がいると聞いたことはあるが、それ以外の情報は聞こえてこないため、なにかしらの理由があるのだろうとは思っていた。のちにその理由が判明したときは、複雑な心境を抱いたが。

それはともかく。

北大陸のとある国で行われていた、非道ともいえる『召喚』をされる者がいなくなって二千年余り。寿命の関係で当時召喚された人たちは現存してはいないが、その子孫たちがこの国だけではなく、各国にも、そして大陸のあちこちにもいる。

彼らがもたらした技術やレシピは伝えた国に根付き、特産物や特産品となって外交や交易に活かされている。儂（わし）の生家であるグレルマン子爵家も、女性の召喚者と婚姻したことがあると家の歴史書に記載されていた。

そんな家の次男に生まれたのが儂（わし）である。

騎士となって幾ばくかの月日が流れ、隊長に就任して十数年後。妻や義父に見初（みそ）められたらしい儂（わし）は、当時の騎士団長に紹介されてクノール家に婿として入った。

そんな儂（わし）は、ある日、副団長であったエアハルト・リュイン・ガウティーノが辞めると聞き、彼の執務室に赴いた。今後のことや次の副騎士団長についての話を聞いたが、彼はすでに後任を決めているようだった。

それは、軽口を叩くとはいえ仕事は真面目にやる男――ビルベルト・アントン・シュトラッサー。

儂には、ビルベルトが副団長になるための指導と、彼が一人前に成長するまで業務の手助けをしてほしいとのこと。

新人訓練などを含めた後進指導をしている儂にとって、一人育てるのも二人育てるのも同じであった。

彼ならば、一月も指導してやればモノになるだろうと踏んで、指導役を引き受けた。


それからしばらくしてエアハルトは騎士を辞め、冒険者になった。騎士時代に取得したランクはAだったエアハルト。

まあ、エアハルトに限らず、長年騎士として勤めていれば、自ずとAランクまでは上がる。ただ、Sランクになるにはなにかしらの功績を残さねばならない。

簡単にいえば、ネームドと呼ばれる特殊個体をパーティーや個人で撃破する、ダンジョンでコアを見つけ、破壊するなどだ。ただ、それらの功績を残すのは騎士をやりながらでは難しい。

それ故に、Sランクになるための功績を求めて辞職する騎士もいる。

ただし、個人の功績が欲しいと考えた者でSランクに到達した者はまだいない。なぜならば、功を焦るあまりネームドに無謀な戦闘を仕掛けて失敗する者が多いからだ。

そんな条件の中、騎士にもかかわらずSランクになった者がいる。儂の前に団長をしていたエアハルトとロメオの父であるオイゲン・ライアー・ガウティーノ、現団長のロメオ、そして儂だ。

オイゲン殿は休暇で領地に帰った際に、妻のエレーナ殿と一緒にできたばかりのダンジョンに潜り、二人でダンジョンマスターとコアを破壊したことでSランクを賜った。

ロメオは森の魔物を間引くための遠征で、たまたま縄張り争いをしていたネームドのブラックベア二体を単独撃破したことでSランクになった。

儂も口メオと同じく遠征中に、ネームドを幾度か撃破したことでSランクを賜っている。

ネームドと呼ばれる魔物が少ないからこそ、Sランクになるのは難しいのだ。

ま、まあ、王族初の冒険者となり、Sランクになった第二王子、ローレンス殿下という規格外もいるが。

そんな裏事情はともかく。

騎士の業務のひとつに王都巡回というものがある。ビルベルトが副騎士団長になることが正式に決まり、その後釜が決まるまでの数日間だけビルベルトの代理をお願いされた。場所は西地区でももっとも西、西門に近い通りのいくつかだ。

その通りには冒険者ギルドや商人ギルドなどが建ち、活気溢れる場所でもある。若いころに巡回した場所であることも思い出した。

そんな場所に、最近凄腕の薬師が店を開き、騎士団にもポーションを納品してくれることになった。まさかこの年になって、最高ランクのハイパー系と万能薬、神酒の実物を見ることになるとは思わなかった。

儂が生まれたころにはすでに万能薬以上のポーションを作れる薬師がおらず、上級ダンジョンや特別ダンジョンでごく稀にドロップするのみ。

しかも、ドロップしたものはどんなにランクが高かろうとも、最高でレベル二だ。儂ですら、レベル一の神酒しか見たことがないし、ハイパー系や万能薬に至っては見たことすらなかった。

それが、今儂の目の前にある。

「会ってみたい」

「ふふ、そう仰ると思いました。とてもいい子なので、ハインツ様も気に入ると思いますよ」

茶目っ気たっぷりにそう言ったビルベルトとローマンに、儂もその薬師がどんな人物なのかさらに気になった。

次の巡回のときに紹介すると言われ、その日にちを聞けば儂も午前中であれば問題なかったので、その日時でお願いした。

懐かしくはあるが、若いころよりは発展した西地区を見回しながら、あちこちに挨拶をした。

代替わりしているところもあったが、中には儂が若いころ店主をしていた人物がまだ現役だったりと驚くこともあった。そして件のポーション屋に連れていかれた。そこは昔ポーション屋を営んでいた薬師が住んでいた場所だった。

当時よりも綺麗になった建物に、『リンのポーション屋』とある。扉の外には売っているポーションの種類と値段、買取をしている薬草の名前と金額が書かれている看板があった。

きちんとしているなと感心していると、ビルベルトとローマンから声をかけられ店内に入る。カウンターを見れば黒髪の少女とドラゴン族の女性。従魔の首輪をしている魔物がいて、棚にはきちんと整理されたポーションがずらりと並ぶ。

「いらっしゃいませ！」

聞き覚えのある声に驚いてカウンターに目を向けた。

あれは、あの容姿は……！

「優衣、さん……」

小さく呟いた儂の声は、こちらを見ていた銀色に輝くウルフ系の魔物には聞こえたようで、魔物は儂を見極めるように目を細め、耳を動かしている。その輝きは儂の実家で崇めていた神獣の絵姿にとてもよく似ていた。そしてその近くにいた一回り小さなウルフも。

リンと呼ばれた子に案内され、奥へと通された儂たちに、彼女は飲み物と茶菓子を提供してくれる。出された菓子は見覚えのあるものだった。

だから紹介されたあと、彼女を試した。その結果、優衣さん本人だとわかった。まあ、儂が施設の院長だったということは一発でバレたが。

日本にいたとき、彼女は死んだと報道され、葬儀にも参列した。なのに、彼女は日本にいたときの姿のままでここにいる。

詳しい事情を聞きたかったが時間切れとなり、また会おうと約束を取り付けた。もちろん神獣だと確信した二体のウルフには最上級の礼を捧げた。

二日後、連れていかれたクラン『アーミーズ』では、前世の親友や施設の関係者と再会した。そのときに優衣さん――いや、リンがどうして日本にいたままの姿でこの世界にいたのか聞かされた儂は、不敬とわかっていながらもアントス神に対し、激怒した。

しかしその思いは綺麗に隠し、懐かしい日本食を食べ、思い出話をして楽しく過ごした。

後日、同じくアントス神に激怒していた『アーミーズ』のメンバーたちと一緒に、教会へ向かう。祈りを捧げても、必ずしも呼ばれるとは限らないとは聞いていたが、今回は無事に呼ばれたらしい。

そこは花々が咲き乱れ、木々では鳥が歌い舞っている綺麗で荘厳な場所だった。視線の先にはテーブルと椅子が数脚あり、そのひとつに教会などに安置されているアントス神と同じ姿の男神と、黒髪をなびかせ、着物に似た服装をしている女神と男神が座していた。

もしかして、とは思ったが、ライゾウたち『アーミーズ』のメンバーが黒髪の二柱に礼をしていることから、日本の神ではないかと予測をした。それは当たったようで、二柱はアマテラスとツクヨミと名乗った。

「いらっしゃい、太一郎。いえ、今はハインツだったかしら」

「はい、アマテラス様。儂の前世だけではなく、今世の名をお呼びいただき、恐悦至極でございます」

「あらあら、そうかしこまらないでちょうだい。貴方もわたくしたちが管理していた、日本の大事な子だもの」

「ありがたき幸せ……」

アマテラス様のお言葉に、胸が熱くなる。転生したというのに、今でも日本人だと言ってくださったのだ。

優しいご尊顔と声を聞けただけでも僥倖だというのに、お言葉まで賜ってしまったのだ。元日本人として、これほどの幸福はないだろう。

そのあとでツクヨミ様もお言葉をくださり、儂はまさに天にも昇る気持ちであった。ただ、そのあとにアントス神に向ける二柱の視線の冷たさに、背筋が震えたが。

「アントス、わかっているわね？」

「……」

「わかっていますよね？」

「……」

「「お前のミスです。おとなしく殴られなさい」」

「……っ、あ、あんまりですぅっ！」

半泣きでアマテラス様とツクヨミ様に抗議するアントス神に、この場所——神域に呼ばれた儂を含めた全員が唖然としたあと、嘆息する。聞いたところでは、神の世界において地球の神々は上位にあたり、アントス神は下位の上のほうに位置するそうだ。

おまけに、指導者でもあったアマテラス様たちの諫言も聞かない、かなりのドジっ子属性だそう。

そのせいで、リンはこの世界に来てしまったのだと、リンからは聞かなかった詳細をツクヨミ様から説明されたとき、再び儂は嘆息した。

……そうか、こんな方だったのか。

そりゃあ、ライゾウたち『アーミーズ』もリンも、言葉を濁すわけだよなあ……と妙に納得し、アマテラス様とツクヨミ様のご厚意により、『アーミーズ』のメンバーと一緒に満足のゆくまでアントス神をフルボッコにした。

スッキリした気持ちで二柱にお礼を言うと、「今回だけよ」とアマテラス様に釘を刺された。あまり神を殴ると、それが本来の寿命に影響を与えてしまうからと。

「リンはどうなんです？　しょっちゅう呼ばれると聞きましたが」

「優衣は、わたくしたち日本の神々にとって、特別な子なの」

「特別……」

「そう。あの子の家系は神官の家系なのです」

「なるほど」

神官の家系なら納得だ。とはいえ、どこが特別なのか聞いてみたものの、こればかりは神のルールに引っかかるからと教えてもらえなかった。神といえども、人間たちに話せない内容もあるからと。


その後、腫れあがったアントス神の顔を肴に茶会をした。神様たちから優衣を頼むと言われたあと、神域から教会に戻してもらった。不思議なことに神域には数時間いたはずなのに、教会に戻されたときは普段祈っている時間と同じだけしか時間は進んでいなかった。

「さすがは神ということか」

「そうだな」

ポツリと呟いた儂に答えたのは、『アーミーズ』のリーダーであるヨシキ。祈りの姿勢を解いて立ちあがると、全員で教会を出る。

ヨシキたちはこのあとダンジョンに潜るための買い物をするというのでそこで別れ、

儂は一旦自宅に帰った。

一生に一度の経験ではあったし、ここで日本の神々に会えるとは思わなかった。それがとても嬉しいし、墓場まで持っていく秘密が増えた。

儂も年を取り、騎士団の後進も育ってきている。そろそろすべてをロメオに任せ、友人でもあるマルクと一緒に引退して、リンのところを訪ねるのもいいなとも思う。

昔取った杵柄で、ダンジョンに潜るのも吝かではないなと笑みを浮かべつつ、今後のことに思いを馳せた。

Regina COMICS
転移先は薬師が少ない世界でした
1～3
[原作]饕餮
[漫画]夏野はるお
大好評発売中！
勤め先が倒産し、職を失った優衣(ゆい)。そんなある日、神様のミスで異世界に転移し、帰れなくなってしまう。仕方がなくこの世界で生きることを決めた優衣は、神様におすすめされた職業“薬師”になることに。スキルを教えてもらい、いざ地上へ！　定住先を求めて旅を始めたけれど、神様お墨付きのスキルは想像以上で――!?
アルファポリスwebサイトにて好評連載中！
アルファポリス 漫画
検索
B6判
各定価：748円（10%税込）
伝説の神酒で助けたら…最強のもふもふが家族になりました!?

本書は、2021年3月当社より単行本として刊行されたものに書き下ろしを加えて文庫化したものです。


この作品に対する皆様のご意見・ご感想をお待ちしております。

おハガキ・お手紙は以下の宛先にお送りください。

【宛先】

〒150-6008 東京都渋谷区恵比寿4-20-3 恵比寿ｶﾞｰﾃﾞﾝﾌﾟﾚｲｽﾀﾜｰ 8F
（株）アルファポリス　書籍感想係

メールフォームでのご意見・ご感想は右のＱＲコードから、
あるいは以下のワードで検索をかけてください。

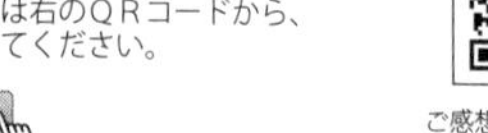

ご感想はこちらから

レジーナ文庫

転移先は薬師が少ない世界でした5

饕餮

2023年11月20日初版発行

文庫編集－斧木悠子・森 順子
編集長－倉持真理
発行者－梶本雄介
発行所－株式会社アルファポリス
〒150-6008 東京都渋谷区恵比寿4-20-3 恵比寿ｶﾞｰﾃﾞﾝﾌﾟﾚｲｽﾀﾜｰ8階
TEL 03-6277-1601（営業）　03-6277-1602（編集）
URL https://www.alphapolis.co.jp/
発売元－株式会社星雲社（共同出版社・流通責任出版社）
〒112-0005 東京都文京区水道1-3-30
TEL 03-3868-3275
装丁・本文イラスト－藻
装丁デザイン－AFTERGLOW
（レーベルフォーマットデザイン－ansyyqdesign）
印刷－中央精版印刷株式会社

価格はカバーに表示されてあります。

落丁乱丁の場合はアルファポリスまでご連絡ください。

送料は小社負担でお取り替えします。


ISBN978-4-434-32911-1 C0193